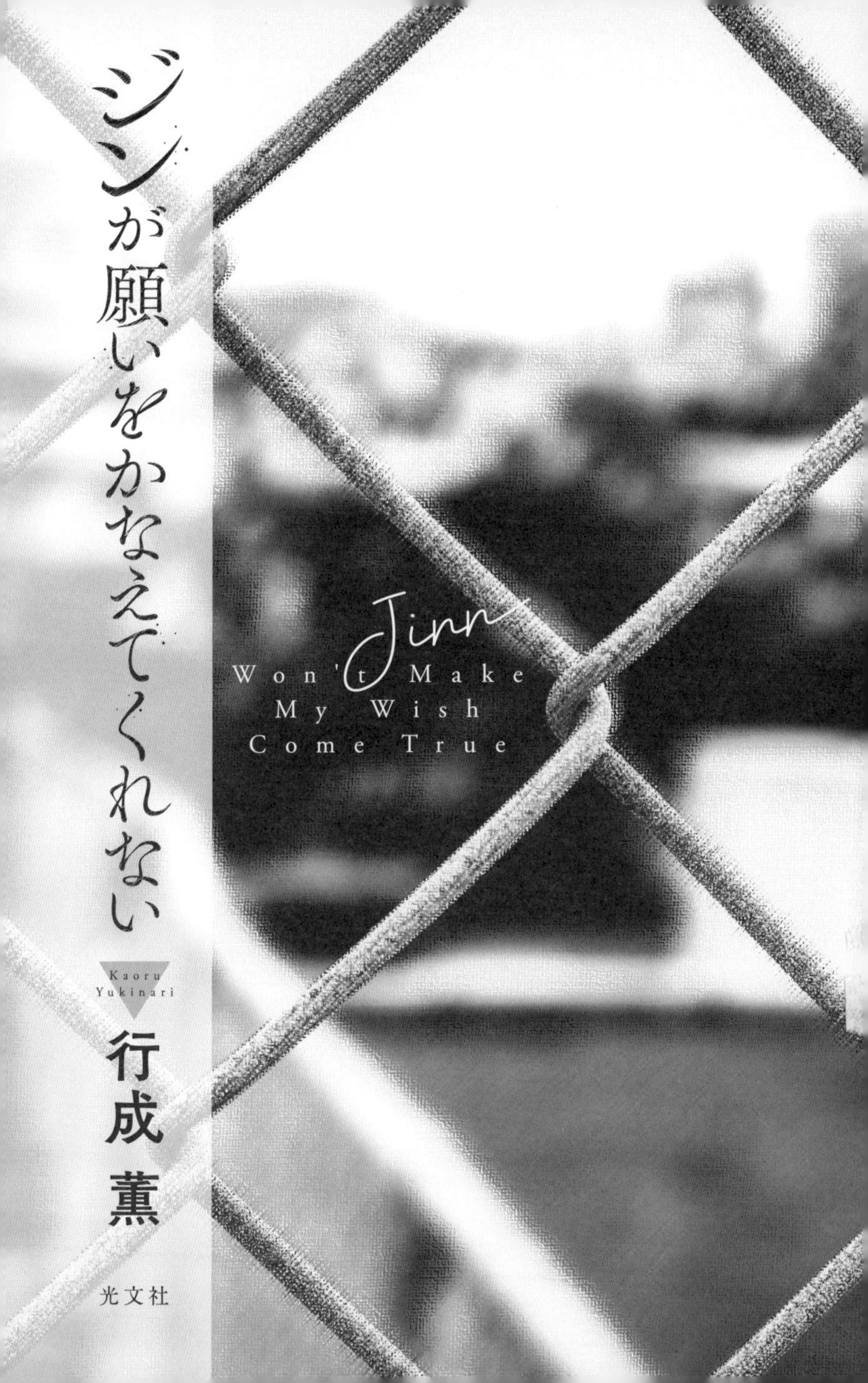

ジンが願いをかなえてくれない

Jinn Won't Make My Wish Come True

Kaoru Yukinari

行成 薫

光文社

ジンが願いをかなえてくれない

目次／Contents

装画

◆

yudouhu

装幀

◆

大岡喜直

（next door design）

ジンが願いをかなえてくれない

1

「ねえ、なんなのあんた、やる気あんの？」

「え、やる気ってなに？」

「なに言ってもダメじゃん。あれもダメ、これもダメとか、マジありえないんだけど」

「仕方ないじゃん。まともな願い事を言ってくんないとさ」

「普通さ、こういうのって、こっちが言ったことが絶対なんじゃないの？」

「俺にだって意見する権利くらいあるからね。実際、手を動かすの俺だしさ」

ふんぬ、と、鼻から怒気を漏らしながら、長羽初香《ながはねういか》は斜め前を行く男のえらいこと広い背中に向かって、思い切り舌を出した。本当は、飛び蹴りの一つでも決めてやりたいところだけれど、それが無意味だということはよくわかっている。きっとアイツもそれがわかっているから、振り返ることもせず、人の話を聞き流しながら余裕ぶっこいて歩いているのだろう。

「いいじゃん、別にさぁ」

「そんなことして現実的にどうなるか、ちょっとは考えたほうがいいって」

「初香的には、ウチの高校で最強の顔面とスタイルを手に入れて、なおかつ学年で一番のイケメンと付き合える」

初香が恋してやまないバスケ部の貴公子こと黒葛原《つづらはら》くんのさわやかな長身イケメンぶりを思い出して、初香はうっとりする。はあ、と、くそデカため息をついた〝ジン〟は、ようやく足を止め、初香に顔を向けた。ゴリマッチョでいかつい見た目の〝ジン〟が眉間にしわを寄せると、結構怖い。

「そんな単純なことじゃないっしょ」

「そうだけど、なんとかなるから」

「とにかく、そんな無茶な願い事は無理」

「また、ムリー、かよ。仕事しろっての、魔人」

〝ジン〟は全身が煙になって一度消えたが、その煙は初香の目の前で再び集まってもう一度人の形になる。至近距離に現れた強面《こわもて》の〝ジン〟に顔を覗《のぞ》かれて初香は仰《の》け反《ぞ》ったが、〝ジン〟は構わず、初香の顔を真っすぐに見た。

「もっとまともな願い事を考えて、早いとこ俺を解放してくれない？」


〝ジン〟は、いわゆる「ランプの魔人」だそうである。

「アラジンと魔法のランプ」の話を絵本で読んで知ったのはいつのことだっただろう。ある日、青年アラジンは悪い魔法使いに騙《だま》されて洞窟の中で古いランプを探すことになるが、魔法使いの様子がおかしくて、ランプを渡したらなんかまずいかなとためらっていると、ブチギレした魔法使いは洞窟にアラジンを閉じ込めてしまう。命からがら脱出したアラジンが洞窟から持ち出したランプを売り払おうと磨いてみると、そこからランプの魔人が現れる。魔人は、願い事を三つかなえる、とアラジンに約束。アラジンはその魔人の力を使って大金持ちになり、お姫様と結婚し、なんだかんだピンチもあるけれど結局は王様になって幸せに暮らすことになる。

もちろん、現代日本の女子高生である初香には、「ランプの魔人」がピンとは来ていない。そもそも「ランプ」がなんなのかよくわからないし、実際、〝ジン〟が封印されていたのは、古いオルゴールだった。

初香がその魔法のランプならぬ魔法のオルゴールを手に入れたのは、先日の修学旅行でシンガポールに行った時のことだ。ストリートマーケットを友達と巡っていると、布で頭を覆ったおばあさんに声をかけられ、聞きなれない言葉で押しまくられた挙句、いつの間にか手のひらサイズの小さなオルゴールを一つ買わされてしまっていた。シンガポールドルの価値が感覚的によくわからなかったけれど、よくよく計算すると、日本円で八千円くらいしていた。なんでこんなの買ってしまったのかと猛烈に後悔したが、こんなセンス皆無のお土産《みやげ》を渡す友達や親戚なんかいないし、捨てようにも、「八千円もしたし」と貧乏根性が出てしまい、結局自室に放置しておくことになった。

その半ばゴミ扱いのオルゴールを気まぐれに鳴らしてみたのは、昨晩のこと。学校で、友達とつまらないことでケンカをしてしまい、帰宅するなり自室にこもってぼそぼそと泣いていたのだけれど、しん、と、静まり返った部屋の空気が嫌で、でもスマホで音楽を聴くような気分でもなくて、音数の少なそうなオルゴールならちょうどいいかも、と思ったのだ。

でも、オルゴールは最初の一音からして耳障りな感じで、ポツポツと流れる変な音楽は、もともとそういうメロディーなのか、古すぎて音が外れているのかがよくわからない。気持ち悪い曲、と思ったものの、一度ベッドに倒れ込むと起き上がって曲を止める気力もなくなり、そのまま流しっぱなしにしていたのだが、ちょうど一曲終わったくらいのタイミングで急に音が止まり、オルゴールからものすごい量の煙が噴き出してきた。え、まって、とあっけに取られていると、部屋中に充満した煙が渦を巻いて一点に集まり、なにこれこっわ、と言っているうちに人の形になった。気がつくと、初香の目の前に椅子に座っているような姿勢でふわふわと人らしきものが浮いていた。それが、〝ジン〟だった。

——俺と契約する？　するなら三つ願いをかなえてあげるけど。

妙に軽く「契約」の話をされて、初香はあまり深く考えることなく「え、まあ、それはいいけど、あんた誰？」と答えたことで、あっさりと契約が結ばれてしまった。契約とは、〝ジン〟は願い事を三つかなえるまで初香に仕え、三つ願い事をかなえて契約が満了すると、晴れて自由の身になれる、という内容らしい。〝ジン〟は千五百年前に高名な魔術師によって生み出された魔人で、以来、三つの願いをかなえて自由になるために、封印が解かれる日を待っていたそうだ。そんな話信じられる？　とは初香自身も思うけれど、目の前に〝ジン〟がふよふよしている以上、疑ってもしょうがないか、と思って、すべて飲み込むことにした。

はじめは、三つも願いをかなえてもらえるなら何にしよっかな、と、ほくほくしていたが、これがそう簡単にはいかなかった。初香が最初に願ったのは、「百億円くらいほしい」という、実にオーソドックスな願い事だ。ほんとは、「一兆円」と言いたかったところだけれど、さすがに頭悪そうに思われるかと思って少し遠慮したのだが、〝ジン〟はため息をついて首を横に振り、その願いは無理、と言った。できないことがあるなら先に言ってよ、と思ったが、できないわけではない、と〝ジン〟は言う。理由は、初香がものすごい大金を手にしてもどうせ不幸になるだけだからだそうだ。やってみないとわかんないじゃん、と食い下がったのだが、妙にはっきりと、わかる。と言い切られた。

お金はだめと言われたので、じゃあ、最強クラスの美人にして、と言うと、それも無理だと言う。今度は、「美人」に決まった定義なんかないから、という理由だ。そんなの、目が二重《ふたえ》でかくて、鼻と口が小さくてかわいらしくて、細身で足長くて胸がEカップくらいあったらだいたい美人じゃん、と初香が言うと、「一部位ごとに願い事一つ」と、ケチ臭いことを言われた。美容外科かよ、と、文句が口をついて出る。

本当に願い事をかなえる力を持っているのかよくわからないが、〝ジン〟は、なかなか初香の願いをかなえてくれない。

2

「学校着くから、もう黙ってて」

「それは――」

「願い事じゃないから！　魔人としてのマナーでしょ、最低限の！」

お金と容姿がだめと言われると、初香は他の願い事が思いつかなくなり、結局、昨晩のうちには願い事をすることができず、保留状態で朝を迎えた。いつものように学校に向かうと、〝ジン〟は初香の周りをふわふわ浮いたり歩いたりしながら、どこまでもついてくる。ウザいから消えろ、と言えばそれも願い事にカウントされてしまうので、好きにさせておくしかない。

〝ジン〟の姿は初香以外の人には見えていないようだ。半裸のムキムキマッチョが空にふわふわ浮いているのが見えたら大騒ぎになるだろうから、見えなくてよかったと思う。ただ、何もない空中に向かって話をしていたらヤバい人だと思われるので、学校が近くなってきた頃合いを見て〝ジン〟との会話をやめ、普段通りの顔を作って自分の教室へ行く。おはよう、と、目立ちすぎないように挨拶をしてするっとクラスの空気に溶け込み、廊下側一列目の前から三番目という、クラスで一番パッとしない席に座る。

朝の登校ラッシュの時間帯、出入口からはひっきりなしにクラスメートが入ってくる。眠そうな顔で何も言わずに入ってくる陰キャ男子、三人組でわいわいやってくる騒がしい女子グループ。そんなクラスの雰囲気が一変する瞬間が、始業開始十分前に訪れる。出入口からするりと入ってきたのは、学校創立以来最強の美少女、との異名を持つ、姫野茉莉花《ひめのまりか》である。

マリカのルックスは、初香の理想と言ってもいい。百七十センチ近い長身に加え、どこに内臓が入っているのかわからないほどの極細スリム体形。スリムなくせに出るところは出ているのがズルい。体のほぼ半分は足であり、頭は片手で摑《つか》めそうなくらいのサイズ感。やや赤みがかったロングの髪の毛は人の顔が映るのではないかと思うほどキューティクルつやつやで、思春期真っただ中だというのに肌にはニキビ一つなく、女の初香が小一時間撫《な》でまわしたいと思うくらいきれいだった。

スタイルもそうだが、顔についても非の打ちどころがない。ぱっと見は美人系の顔立ちだけれど、ちゃんとかわいらしさもあり、エロくもあり、清純っぽくもゴージャス系っぽくもある。マリカの顔を見るたび、「人類みな平等」などという嘘《うそ》を平気でつく大人を殴り倒してやろうかと思うくらいだ。

マリカがクラスに入ってきた瞬間、男子たちの視線が、ざっ、と音を立てて一点に集中するのがよくわかる。続いて、何人かのカースト上位、いわゆる「一軍」の女子たちが、派手に「マリカおはよ！」と、手を振りながら近づいて取り囲む。誰に言われたわけでもないのに一軍を自称するだけあって、その女子たちもそれなりにルックスのレベルが高いはずなのだが、マリカと並ぶと、多少マシな顔の庶民と生まれ持っての貴族との間の越えられない壁を思い知らされる感じがする。顔もスタイルも十人並みの二軍女子である初香が並ぶことを想像したらお察しだ。

「あれか？　初香が入れ替わりたい、って言った女」

隣に浮いていた〝ジン〟が、へえ、という感じでマリカを眺めている。声は出せないので、初香は小刻みに何度かうなずいた。登校途中、初香が新たに思いついた願い事は、「マリカの体と入れ替わりたい」というものだった。

マリカはパパがドイツ人デザイナーで、ママが元モデルだ。美男美女夫婦で日独ハーフなんて、美少女になることが約束された遺伝子を受け継いで生まれてきたと言っても過言ではない。幼い頃から母親経由でモデル事務所に所属していて、高校に入ってからは「学業に専念するため」という理由で活動を休止しているらしいけれど、卒業後はまたモデルとして活動を始めて、将来的には女優とかタレントになって、メディアに出て、有名になって、ゴリゴリ稼いで、イケメン芸能人かバカ金持ちの実業家なんかと結婚して、初香には手の届かない暮らしをするのだろう。

そもそも、普段マリカが何気なく身に着けているものはほとんどがハイブランドだし、たまに学校まで迎えにくるマリカパパの車はいかつい外車だ。家は裕福なんだから都心に住めばいいのに、

「自然豊かな場所に住みたい」というマリカパパのクッソどうでもいいこだわりのせいで微妙な郊外にある高級マンションの最上階に住んでいる。学校も、都内のお嬢様私立にでも行けばいいのに、マリカパパが「通学の電車代がもったいない」という意味不明なケチり方をしたせいで、自宅からほど近い初香の通う中途半端な偏差値の私立高校に通っている。

初香とマリカを比較して、初香がマリカよりも持っているものなんて何一つない。夢みたいな生活ができるセレブはどこか遠くの世界にいてくれればSNS上にしか存在しない架空の人だと思えるからまだいいけれど、同じ学校の同じクラスになって、その容姿や生活のレベチっぷりを見せつけられると、どうしても自分と比較して鬱々としてしまう。

もし、初香の見た目がマリカだったら。

きっと人生はイージーモードで、毎日楽しくて仕方ないだろう。

そう思ってしまうのは、マリカの後ろからひょこんと顔を出した黒葛原くんを見たからかもしれない。さわやかイケメンの黒葛原くんと初香は、一年のときにクラスが一緒だった。明るくて運動神経もよくて、クラスの人気者。隣の席になった瞬間から秒で好きになってしまい、以来、密《ひそ》かに恋心を抱き続けていた。それが、今年の夏休み明けくらいから、マリカと黒葛原くんが付き合いだした、という話が広まった。実際、朝はいつも二人一緒に登校してくるし、その光景の絶望感ったらない。二人の間に入っていく余地は一ミリたりともない。

マリカに軽く手を振ってから自分のクラスに向かう黒葛原くんの姿を見て、初香は胸がつぶれそうなくらい苦しくなった。その苦しさから逃れるには、どうすればいいだろう。

たぶん、マリカと入れ替わるしかない。

3

初香がお風呂上がりに洗面台の前でスキンケアをしていると、廊下を通っていた父親が、後ろから、ひょい、と鏡に映って、「なにもそんなにいろいろ塗りたくらなくても」などと余計なことを言ってきた。初香だってこんな面倒なことをしたいわけではないが、ブスが努力を怠《おこた》ったら人生が終わるのだ。第一、こんなことをしなければいけないのは親の遺伝子のせいであって、誰のせいだと思ってるのか、と初香は憤慨した。父親は、顔がすべてじゃない、とか、そのままの初香が一番かわいいんだ、などと現実を見ていない小言を繰り返すわ、洗面所の前を通りがかった母親が何の言い争いかもわからないのに参戦してきて喚《わめ》き散らすわで家族三つ巴《どもえ》の大ゲンカになり、初香は顔がボロボロになるほど号泣して自分の部屋に引っ込んだ。ぶつけどころのない怒りが胸いっぱいに溜《た》まって、気持ちのおさまりがつかない。枕に顔をうずめて親に対する呪いの言葉を並べ立てていると、背後から、〝ジン〟のため息が聞こえた。

「そんな泣く?」

「うっせえ」

「それじゃ、せっかくの肌ケアも台無しじゃん」

「千五百歳の魔人のくせにちゃっかり現代に馴染《なじ》んでんのキモい」

「主《あるじ》に合わせてんだよ。意思疎通できないと困るから」

ああ、だから日本語しゃべるのか、と、ずっと初香が抱いていた疑問が解消された。

「願い事思いついた。うちの両親を消してほしい」

「え、ヤバくない？　ちゃんと後先考えて言ってる？」

「だって、ムカつくし最悪。父親はデリカシーない、母親は頭悪い」

「それくらいならかなえてやれるけど、ほんとにいいわけ？」

いいわけないでしょ！　と、初香が枕に顔をうずめながら大声で叫ぶ。実際、親が消えたらどうなるかくらいはわかるけれど、胸の怒りとか不満をどういう言葉で吐き出せばいいのか、語彙《ごい》力がなさ過ぎてわからない。

「せめてさ、あのクソ親父《おやじ》が死ぬまで毎日五回、なんかの角に足の小指をぶつけて苦しむようにしてほしいんだけど」

「いいよ。それくらい簡単だけど、いいの？」

いいわけない！　空気読め！　と怒鳴りながら、初香は枕を掴んで〝ジン〟にぶん投げた。もちろん、実体のない〝ジン〟に枕はぶつからず、枕は壁に当たって落ちただけだった。初香は、がばっと飛び起き、〝ジン〟に向かって「空気読め、は、ノーカウント！」と慌ててフォローした。

「自分の言葉にはちゃんと責任を持ってくんないとさあ」

「それ、こっちのセリフだから。だいたい、願いを三つかなえる、なんて言っといてさ、全然かなえようとしないじゃん。詐欺っしょこんなの。詐欺師。詐欺魔人」

「詐欺魔人は言いすぎ。ちゃんとかなえるよ、ちゃんとした願い事を言えば」

「だってさ、最初に、千五百年前から魔人やってる、ってゆったじゃん？　でも、初香もバカじゃないから、ネットで調べたかんね。千五百年前にオルゴールなんか発明されてないから。嘘つき」

「俺、千五百年間、ずっとオルゴールに封印されてたって言った?」

「え、違うの?」

「俺の封印は、今までに三回解かれてるからね」

「じゃあ、なんでまた封印されてるわけ?」

「願いを三つかなえることができなかったから」

〝ジン〟が言うには、魔人は契約した人の願いを三つちゃんとかなえないと解放されず、たとえ願いを二つかなえても、三つ目の願いがかなえられない状況になったら、元の封印状態に戻されてしまうようだ。そうなると、次の契約者が封印を解くまで、また待ち続けなければならない。封印されている間も〝ジン〟は眠っているわけではなく、意識を持ったまま時間を過ごし続けているのだそうだ。二十分じっとしているだけでも頭がおかしくなりそうなのに、百年、千年と言われたら気が遠くなる。

「あれでしょ。その願いはかなえられない、とかもったいつけるから」

「そんなことないって。最初は、言われたとおりかなえてたしさ」

「なんでじゃあ初香にはいろいろ言ってくるわけ?」

「俺だってさ、今回はちゃんと願いを三つかなえて、自由になりたいわけよ」

「じゃあ、さっさとかなえてよ」

「そうもいかないんだって」

「なんでよ」

少し長い話になるけど、と、〝ジン〟は空中で背筋《せすじ》を伸ばし、やたらもったいつけてから話を始めた。ああ、これは長くなりそう、と、初香も枕を抱えてベッドの上に胡坐《あぐら》をかく。

「俺が最初に封印されたのは、ナイフだった。装飾がついた、結構高価なやつ」

「は？　ナイフ？　こわっ」

「封印を解く方法は、そのナイフを使って自分で自分の血を流すこと」

「うわ、なんでそんな痛そうな設定にすんのよ」

「自分で自分をナイフで切る人なんて、きっとなんか困ってるからでしょ」

「実際、やった人がいんの？」

「一人目は千年くらい前、商人の男だった。商売に失敗して破産して、自殺しようとナイフで自分の首を切ろうとしたけど、怖くてちょっとしか切れなかったらしい。でも、おかげで俺と契約することができた」

「ケガのナントカ、ってやつだ。で？」

「男はまず、他人からは絶対に見つけられない宮殿がほしい、って言った。敵が多かったんだろうな。で、次に願ったのが、手を叩《たた》けば無限に金貨が溢《あふ》れてくる壺《つぼ》」

「え、自殺寸前のとこからいきなり欲望フルスロットルじゃん」

「俺は、言われた通り順番に願いをかなえてやることにしたんだ。商人の男しか入れない宮殿を作って、無限に金貨が溢れ出てくる壺を出してやった」

「え、マジで？　ほんとにそんなことできんの？　初香にもその壺出してよ」

〝ジン〟は、まあ話を聞け、と言うように、ひらひらと手のひらを振った。

「男は宮殿の地下室に壺を置いて、手を叩いた。壺からはもちろん金貨が溢れ出す。喜んだ男は、手を叩いて叩いて、叩きまくった」

「なんか、オチの予想ついたんだけど、それ」

「言ってみ?」

「正解したら、願い事一個増量とかある?」

〝ジン〟が、ない、と答えたので、初香は舌打ちをする。

「調子こいて手を叩きすぎて、金貨に埋もれた」

「正解。金貨は地下室を埋め尽くして、男は金貨に埋まった。金《きん》って重いからな」

「あー、バカじゃん? そいつ」

バカだと思う? と、〝ジン〟はかすかに笑った。

「助けてあげなかったの?」

「助けて、って願えば助けられたけど、男は願い事を言えずに死んだから、俺はナイフに戻るしかなくて、そこからまた三百年待つことになった」

「マジか」

「次に俺を解放したのは若い女で、どこかの国のお妃《きさき》さん。女は、ナイフで自分の鼻を削《そ》ぎ落として俺の封印を解くことになった」

いやー! と、初香は鼻を押さえて小さく悲鳴を上げた。そういう話ムリ、と、何度も首を横に振る。

「なんでそんなことすんの!」

「お妃っていっても、他に何百人もいてさ。王様に気に入られればいいけど、そうじゃなければ、一生宮殿の外に出ることも許されず、王様が死んだら一緒に墓に埋められる」

「生き埋めってこと？　なにそれ。うわ、最悪。女をなんだと思ってんの」

「だから、自分の鼻を削いで醜くなれば宮殿から追放される、そのまま故郷に帰れる、と思ったんだと思うよ」

あーね、と、初香はうなずいた。それにしたって、なにも鼻を落とさなくてもいいじゃん、とは思った。

「その女は、何を願ったと思う？」

「そりゃ、宮殿から連れ出してほしいとか、鼻を治してほしい、じゃない？」

〝ジン〟は、軽く苦笑いをしながら、首を横に振った。

「女の一つ目の願いは、国で一番の美女にしてほしい、だったよ」

ええ……、と、今度は初香が苦笑いをした。

「やっぱ、そうなる、のねえ……」

「まあ、そうなる、んだなあ」

「でも、美人の定義なんかないって言ってたじゃん」

「その国の美人は初香が言うような感じとは全然違うし、美人にしろ、って言われると、ちょっと判断しにくいんだよね」

「おめめぱっちりスレンダー巨乳じゃないの？」

「どっちかって言うと、目は切れ長で、全体的にぽっちゃりしたタイプが美人」

「なんそれ。それなら初香でもワンチャン美人じゃん。じゃあ、切れ長ぽっちゃりにしてあげたわけ？」

「もちろん。その願いで鼻も治ったしさ。そしたら、見事に王様が食いついてきて、彼女は一気に愛されるようになった」

でたよ、と、初香はため息をついた。男ってのは、ほんと女の外見しか見ないのな！　と呆《あき》れる。まあ、イケメン好きの初香が文句を言えることでもないが。

「二つ目の願いは、男の子を産むこと、だったね。その子が次の王様になるからさ。実際、男の子を産んで、女は権力を手に入れた。贅沢《ぜいたく》し放題になったし、気に入らないやつを追放したり処刑したりもできるようになった」

「めっちゃ成功してるじゃん。なのに、三つ目の願い事はかなえられなかったの？」

「そうなんだよ。魔人がいなくてもそこそこなんでもできるようになっちゃってさ。で、三つ目の願い事を保留したまま、彼女は毒殺されちゃって」

毒殺……、と、初香は絶句した。

「つまりさ、お金をゲットした男も、美人になった女も、結局はいいことなかったってことが言いたいの？」

「そう」

「だから、初香の願い事も断ったわけ？」

「せっかく願い事をかなえるんだからさ、どうせなら幸せになってほしいじゃん？　でも、大金が欲しいとか、美人になりたいとか、そういうのはあんまいいことにならないんだよね。経験上」

初香は、えー、と、ため息をつきながらベッドに仰向《あおむ》けになって、天井を見上げた。なんだおまえ、イカツイ顔してるくせに実はいいやつかよ、と、〝ジン〟の印象は少し変わったけれど、なんとなくえぐえぐしたものがお腹《なか》の中に残っているのが気持ち悪かった。

「でもさ、お金とかルックスが人を不幸にするわけじゃないじゃん？」

「さあ、どういうこと？」

「だって、世の中にはお金いっぱい持ってて贅沢して、イケメンだ美人だって言われていい思いしてる人いっぱいいいんじゃん。やり方次第ってことでしょ？」

「マリカって子のことか？」

「マリカなんてさ、人生うまくいきすぎててズルいじゃん。ルックス星5《ほしご》でさ、親ガチャＳＳＲ引いてさ。そりゃ初香みたいな底辺は入れ替わりたくもなるよ」

「えすえすあーるって何？」

「スーパースペシャルレア」

実は、初香とマリカは幼稚園から小学校まで同じところに通っていた幼馴染《おさななじみ》だ。小さい頃は仲が良かったけれど、だんだん成長していろんなことがわかるようになるにつれ、初香はマリカとの差を理解するようになった。一緒にいるのに、注目されるのはマリカだけ。大人たちが「かわいい子ね」っていうのも、学校の男の子たちが「かわいい」っていうのもマリカ。家に遊びに行ったときに、マリカママが出してくれるお菓子はびっくりするくらいおいしくて、マリカパパは若干言うことおかしいけど背がすごく高い外国人で、初香んちのパパみたいにみっともなく腹も出てなくて、見た目はとにかくカッコよかった。

それを、うらやましい、と思うようになったのはいつからだっただろう。

幼心にマリカが自分と違うんだ、と気づくと、だんだんマリカと一緒にいることが苦痛になってきた。普通に話しているだけでもなんとなく見下されているような気がして、マリカの言葉にいちいちイライラする。中学が分かれると、そのままマリカとは疎遠になった。高校でまた一緒になった時には驚いたけれど、よそよそしい挨拶を交わしたくらいでまた友達に戻ることはなく、同じクラスになっても、マリカは一軍の子たちと付き合うばかりだった。初香のことなんかもう視界に入ってないんだろうな、と思うと、なんだか腹が立った。マリカは、初香は自分と釣り合わない、と判断したのだろう。

「でも、あの願い事をかなえたら、初香だけじゃなくてマリカって子の人生も変わっちゃうじゃん？」

初香は、〝ジン〟に向かって指をさし、それ！　と、言葉に力を込めた。

「なんかさ、マリカが初香になったら不幸になる、みたいな意味でしょ、それ。その時点でムカつくんだけど」

「そうは言ってないって」

「マリカはさ、かわいいね、とか、美人だね、って言われると、いえそんなことないです、みたいに否定すんだよね。いやさ、じゃあいっぺん初香みたいなガチブスになってみろや、って思うわけ。周りの人間の態度がガラッと変わるし、鏡見るたびに落ち込むようになるから」

「いや、さすがに、初香もガチブスってほどじゃないよ？」

ガチブスじゃん！　醜い！　と、初香は吐き捨てた。自分の顔は嫌いだ。鼻は低いし、目も小さい。どことなく父親似なのがなお嫌だった。毎朝鏡を見るたびに憂鬱になって、動画とかＳＮＳにかわいい子たちが溢れているのを見て、なんでわたしだけこんなにブスなんだ、って絶望する。それの繰り返し。もう嫌だ。

「顔とかスタイルとか金持ちの親なんて、運だけで手に入れたもんじゃん。だったら初香だって、魔人と出会った運を使ってゲットしても悪いことじゃなくない？」

マリカがある日突然、初香と入れ替わったら、マリカの人生は最悪になるだろうな、と思う。初香の見た目じゃモデルなんか絶対無理だし、親はウザいし、モテなくなるし。ただ、それを「かわいそうだ」と言うなら、初香の人生そのものがかわいそうってことになる。じゃあ、かわいそうな初香は救われてもいいじゃん、と思ってしまう。

高校卒業して、大人になって、これからどういう人生が続いていくかはわからないけれど、どれだけ努力したって、初香がマリカのような人生を送ることは絶対にできない。だったら、初香がマリカのようになるには、人生をそっくり交換するしかない。

「できないの？」

「できないことはないな。初香の魂をマリカの体に、マリカの魂を初香の体に入れる」

「え、できるんだ」

「原理的には、俺がナイフとかオルゴールに封じられてた魔法と一緒」

なるほど、できるのか、と思うと、体が震えた。マリカの人生がそっくり自分の人生になったら。目の前に夢が広がる。鏡を見れば、そこに誰もが羨む容姿の自分がいて、美男美女の両親がいて、黒葛原くんと付き合うことができて、高校卒業後はモデルとして注目されて……。

でも、初香になったマリカは――、と続けようとしたところで、初香は思考をストップした。これ以上考えてもしょうがない。運だけで十七年間さんざんいい思いしてきて、仲の良かった初香を見下して、相手にもしなくなって。調子に乗りすぎたんだよマリカは、と、お腹の底から膨らみそうになる罪悪感を無理矢理押しつぶした。

「じゃあ、その願い、やってみよっか」

「え、マジ？」

「ベッドに横になって、目を閉じて」

「え、は？　もう？　このタイミング？　ほんとに？」

〝ジン〟がいきなり初香の頭上に漂ってきて、仰向けになった初香の目を覗き込む。目を閉じろと言われても、鬼みたいな顔が至近距離に近づいてくるので、いや怖《こえ》えわ、と突き飛ばしたくなるが、実体のない〝ジン〟には触れられない。顔が近すぎて、雪山に裸で放り出されたくらいの勢いで唇がぶるぶる震えた。

「力抜いて、目、閉じて」

「マジ？　ねえマジで？」

4

昨晩のことは、ぼんやりとしか覚えていない。〝ジン〟が願いをかなえると言って、目を閉じて、そこからたぶん寝落ちした。目にうっすらと入ってくる光で起こされそうになるが、今日は土曜日だし、もう少し寝ていたい。でも、枕元でスマホが目覚まし代わりの音楽を鳴らし始めた。うるさいなあ、と手を伸ばして音を止めたが、摑んだスマホの感触がいつもと違う。なにこれ、と思って目を開けると、心臓が三センチくらい、ばいん、と跳ね上がった。目の前に大きな窓があって、カーテンの隙間から、ミニチュアみたいな街が一望できる。なぜかめちゃくちゃ高いところにいる。

「どこ？　ここ」

真っ白なシーツをかぶせたベッドから起き上がり、どういうこと、と窓に顔を近づけると、起き抜けの顔が映った。思わず、手でそっと頰を撫でる。その瞬間、そうか、ここは――、と、すべて理解した。

「マリカ、起きたの？」

「え、あ」

部屋のドアを開けて入ってきたのは、マリカママだ。初香の記憶にある頃からは少し歳《とし》を取った感じがするけれど、相変わらずすらりとしたスタイルの美人だ。

「昨日、急にソファで寝たまま全然起きなくなって、あやうく救急車呼ぶところだったんだから」

「あ、そう、なんだ。体調は、大丈夫」

「今日はママ撮影だから、夜遅くなるからね。パパも明後日まで帰ってこないから、夕飯一人で済ませて」

「わか、った」

「あなた、今日はでかけるって言ってたけど、相手、男じゃないでしょうね？」

え、と、初香がなんと答えていいかわからず、絶句する。マリカママは眉間にしわを寄せて初香に近づいてきて、肩をぎゅっと握った。その力がびっくりするくらい強くて、思わず「痛っ」と声が漏れた。

「男は我慢してって言ってるからね。どうせ、あんな高校にあなたと釣り合う男なんかいないんだからね。変な写真とか撮られたらキャリアに傷がつく。わかってる？」

マリカママの剣幕に押されて、初香は小刻みに何回もうなずいた。マリカママは、いつも穏やかでにこにこしているイメージだった。こんなに怖い顔するんだ、と、背筋がぞっとした。

「高校も、パパまで味方に引き込んであなたが行きたいとこに行くって押し通したんだし、卒業したらママの言うこと聞いてよね。ママ、いつまでもこんな片田舎《かたいなか》にいたくないのよ。あなたと一緒に世界中回るのがこれからの人生の楽しみなんだからね」

マリカママが言葉を放り捨てたまま部屋を出て行くと、初香はぺたん、とベッドに座った。起き抜けにいきなり強烈なプレッシャーを受けたこともあるが、自分がマリカと入れ替わっている、という実感が、じわじわと湧いてきたからだ。

「うっそ、マジ？」

「そう願ったただろ、だって」

初香のすぐ横に、いつの間にか〝ジン〟が座っていた。ほんとだったんだ、と思いつつ、正面を見た。〝ジン〟は窓に映ってはいなかったが、見えていたら、『アラジン』と言うよりは『美女と野獣』みたいなビジュだっただろう。

すごいじゃん、と言おうとしたところで、スマホが着信音を鳴らし始めた。慌てて拾い上げると、「つづくん」という表示が見えた。黒葛原くんだ、と、緊張しながら、通話を開始する。

「もしもし？」

『あ、マリカ？　今日さ、十時に待ち合わせだったけど、十一時でもいい？』

黒葛原くんとマリカはやっぱり付き合ってたんだな、と、初香はため息をついたが、そのマリカはもう自分なのか、と、幾分混乱する。どうやら、マリカは今日これから黒葛原くんとデートの予定であるようだ。さぐりさぐり話をして、待ち合わせ時間と場所を聞き出した。

待ち合わせ場所は、最近、地元の女子高生の間で話題のスイーツが有名なカフェだった。ずっと行ってみたいと思ってたけれど、一緒に行く人もいないし、それ以上に初香には場違いな気がして諦めていたお店だ。それが、今日は場違いだなんて気にせずに、思う存分おしゃれカフェの雰囲気を味わうことができるに違いない。向かいには黒葛原くんもいる。いきなり人生大逆転じゃん、と、改めて〝ジン〟の魔法のすごさを実感した。これは、残り二つ、願い事は考え抜いて使わなければならない。

通話を終えて〝ジン〟に向き直ると、〝ジン〟は、「鼻の穴広がりすぎ」と、デリカシーの欠片《かけら》もないことを言った。うっさいな、とは言ったけれど、自分でも自覚できるくらい鼻の穴は広がっていた。

5

「あったかいお茶でいい？」

「あー、えーと、冷たいの」

「へえ。今日は珍しいじゃん。いっつもホットなのにさ」

「う、うん。ね。今日暑かったからかな」

二人でカラオケ屋さんに入り、通されたのはやたら大きなパーティールームだった。大きな部屋の隅っこにちょんと座り、フロントに注文を入れてくれる黒葛原くんの後ろ姿をぼんやりと眺める。頭上ではミラーボールが回っていて、室内は紫っぽい照明で照らされているが、薄暗い。なんか夢みたいだな、と、キューティクルつやつやの髪の毛を人差し指でくるくる巻いた。


結論から言うと、今日という一日は最高だった。


カフェで軽食と目当てのスイーツを食べるところから始まり、明るくて会話も上手な黒葛原くんのリードで、公園を散歩したり、古着屋さんで服を見たり、あちこち一緒に歩き回った。手も繋《つな》いだし、イケメンとの距離は激近だ。たまらない。

一番気持ちがよかったのは、歩いているだけで、周囲の人たちからの視線を感じたことだ。男子だけじゃなくて、女子もマリカの姿をした初香に目を遣《や》って、驚いたような顔をする。あの子めっちゃかわいくない？　という声も聞こえてきたし、初香を見過ぎて電柱にぶつかった自転車のおじさんもいた。

初香が初香であったときは、誰かに注目されるようなことなんて一度もなかった。初香は街の風景の端っこのごく一部のひと欠片でしかなくて、容姿に自信がないせいで、いつもうつむいて、足元を見ながら歩いていた気がする。取るに足らない存在だった自分が、肌でわかるほど視線を集めて、街の風景のセンターポジションに躍り出たのだ。マリカはいつもこんな視線を浴びていたのか。

やっぱり、かわいいが正義じゃん、と切なくなる。元の顔かたちの自分が憐《あわ》れに思えるくらいだ。

人生には、スポットライトがある。神様に光を当ててもらえる人間と、そうじゃない人間。初香はずっと、そのスポットライトを浴びたかった。でも、かわいいとは口が裂けても言えない醜い自分では、そんなことは望めなかったのだ。日陰の人生しか用意されていない自分を認めるのは苦しかった。かわいく生んでくれなかった親を恨んだり、かわいく生まれてきたマリカに嫉妬したり。仕方ないんだって頭ではわかっているけれど、その「仕方ない」がずっと受け入れられなかった。

〝ジン〟と出会ったのは、たぶん奇跡。諦めていたことが、できる、ってなったら、きっと人間は誰でも、魔人にこういう願い事をするに違いない。

「マリカさ、どうしたん？」

「え、どうした、って、何？」

「いっつもテンション低いのに、今日はなんか楽しそうってかさ。ニコニコしてる」

黒葛原くんが初香の隣に座って、嬉《うれ》しそうにそんなことを言いながら、人差し指で初香の顎のラインをさらっと撫でた。マリカのやつ、黒葛原くんといても塩対応だったのか、と、ちょっと憤《いきどお》りを感じる。

「うん、楽しいからね」

「マジ？　超うれしいんだけど」

つづくんたら素直でめっちゃかわいいんだけど、と、興奮のあまり過呼吸になりそうになるのをなんとか鎮める。マリカの口調を思い出しながら、バレないようにしなきゃ、と思っていたけれど、黒葛原くんは、まさかマリカと初香の魂が入れ替わっているなどとは夢にも思っていないようで、気づく様子もなかった。この調子なら、初香はマリカとしてしれっと生きていけるかもしれない。初香になったマリカが変に騒がなければ。

失礼しまーす、と、声がして、バイトの人がドリンクを運んできた。すると、黒葛原くんは、初香の肩に手を回し、ぐい、っと引き寄せる。そして、バイトの人に、「これ、俺の彼女なんだよね」とでも言うように密着しているのを見せつけ、そこ置いといて、と顎をしゃくった。

バイトの人が部屋を出て行くと、微妙な間《ま》ができる。黒葛原くんは初香の肩に手を回したまま動かず、前を向いたまま、少しずつ手に力を込めてくる。初香が、あんまり密着するのも、と思って反対方向に力を入れたけれど、黒葛原くんの腕はそれを許してくれない。

「あー、ドリンク来たから、わたしが取ってくるよ」

黒葛原くんは何も言わない。

「時間もったいないし、なんか曲入れる？　つづくんの歌聴きたいし」

言葉が空回りしているのが、自分でもよくわかる。部屋の空気が変わっていく。黒葛原くんの手は、肩から少しずつ上がって、耳のあたりに添えられた。ぐい、と頭を引き寄せられて、初香の頭と黒葛原くんの頰がくっついた。黒葛原くんのもう片方の手は、初香の手にポンと乗せられて、握ったりさすったり、せわしなく動いている。

「マリカさ、もうよくない？」

「もう、ええと、もう、って？」

何も答えずに、黒葛原くんの顔が覆いかぶさってきて、唇同士が重なった。いやちょっと待て、これはどういうこと、と、頭が混乱しすぎて真っ白になる。黒葛原くんとキスするなんて妄想の中の出来事でしかなくて、実際に起きると、バンジージャンプで後ろから蹴り落とされたような感じがする。キスをするならもっと自分のタイミングとかあるわけで、今は全然そのタイミングじゃなくて、お腹のあたりが、ひゅん、とした。マリカとは何度もデートしてるんだろうけど、初香の魂は初デートだ。心の準備ができていない。

キスをされながら目を開けると、ふよふよ浮いた〝ジン〟が、悲しそうな目で初香を見ていた。魔人には、この状況がどう見えているんだろう。

「いや、つづくん、ちょっ、待って」

「いっつもそれじゃん。俺もさ、そろそろ我慢の限界だって」

黒葛原くんの手が、胸元をまさぐる。これはまずい、と、頭の中がぐるぐるする。どこかで、この体はマリカのものであって、初香が勝手に許してしまうのはマズいのではないか、という思いもあった。振り払おうにも、自分の太ももの上に黒葛原くんの足が乗っかっていて、身動きが取れない。ダメだよ、ダメ、こんなの、と心が悲鳴を上げる。仮に、この流れに身を任せたとして、黒葛原くんは「マリカ」って呼んでくるのだ。それが「初香」じゃないことは、すごく悲しいことである気がする。もろもろはじめてなのに。

「上、脱ぎなよ」

羽織っていたシャツのボタンを外されると、どきどきより不安のほうが強くなった。オフショルのインナーは防御力が低くて、上から自分でのぞき込んでも、胸の谷間が見えている。このまま、シャツをはぎ取られるわけにはいかない。黒葛原くんに、体を見せるわけにはいかなかった。だって、マリカは――。

「助ける？」

頭の中に、〝ジン〟の声が響いてくる。とっさに、うん、と言いそうになったが、それはつまり、願い事を一つかなえてやる、ということだ。こんなつまらないことのために願い事をするのはどうだろうか。でも、たぶんこのまま黒葛原くんは止まらない。考えがまとまる前に、黒葛原くんが初香のインナーをまくり上げて、中に手を差し込もうとした。

「ごめん、無理、やめて」

助けて。そう思った瞬間、部屋のドアが急に、ばん、と開いた。たぶん、トイレ帰りの人が部屋を間違えたのだ。一瞬、黒葛原くんの意識がそっちに向く。その隙に、初香は夢中で黒葛原くんの腕を振りほどくと、開いたドアから外に飛び出した。そのまま、転がるように階段を下りて、カラオケ屋の外に飛び出し、全力でダッシュした。立ち止まったままでは、黒葛原くんが追いかけてきそうで怖かった。

土地勘がない場所で、どっちに行っていいかわからず左右を見回していると、周囲からじっとりとした視線を感じた。スタイルが良くなったのが嬉しくてマリカの部屋にあった服の中で一番露出多めな服を選んでしまったし、その上、シャツがはだけているので、胸元にねばっこい視線がまとわりついてくる。さっきまでは人の視線を浴びることが快感だったはずなのに、日が落ちて暗くなった世界では、それが不快で恐ろしいもののように感じた。

怖い。突き動かされるように走って、駅に向かった。途中、何人かの男性に声をかけられたけれど、その度に心臓がずきん、と固まった。周りにいる人すべてが、黒葛原くんと同じように襲い掛かってきたらどうしよう、と思うと、いつの間にか恐怖で涙がこぼれていた。今までに感じたことのない感覚だ。

今日は、ずっとうらやんできたマリカと入れ替わって、黒葛原くんとデートをして、自分史上最高の日になるはずだった。なのに、今は黒葛原くんが追いかけてくる恐怖と戦いながら、まとわりついてくる視線を振り払って、こっち見ないで、と思いながら走っている。どうしてこんなことになってしまったんだろう。

「どこへ？」

涼しい顔をして横についた〝ジン〟がそう言った。どこかへ行こうとしているなら、その願い事をかなえてやろうか？　ということだろう。〝ジン〟の魔法はすごくて、どんな願い事でもかなえられるだけの力がある。無限のお金を生み出すこともできるし、初香を美人にすることも、不老不死にもできる。人の人生を入れ替えてしまうことだって。でも、初香が困っているときに、ちょっとだけ手を差し伸べるということはできない。あくまで、主の願い事をかなえることしかできないのだ。

そっか、と、初香は唇を嚙《か》んだ。自分はたぶん、マリカになりたかったわけじゃなかったのだ。マリカになれば、日々、自分が「こうしてほしい」「こうなるといいな」って感じるちょっとした願い事が、全部かなうように見えたのだ。くっきり二重になれたらいいな、とか、痩せたい、とか。でも、やろうと思えば二重なんて化粧で作れるし、痩せたいならダイエットをすればいいだけだ。魔人の力を使うまでもないことで、それは初香が少し頑張るだけでかなえられることだった。でも、その少し頑張らなきゃいけないってことが嫌だったのかもしれない。最初っからそんなことしなくてもいい人間がいるのに、なんか不公平だ、って。

「家に帰る」

〝ジン〟にそう言ってがむしゃらに駅に向かい、恐怖から逃れようとする。

「家か。わかってると思うけど、帰る場所間違えんなよ?」

「あっ」

「忘れてた?」

「いや、マリカんちのマンションの、オートロック開ける番号わかんない」

6

行く場所がない、というのは、想像以上にメンタルが削られる。地元の最寄り駅まで辿《たど》り着《つ》いたはいいものの、マリカのマンションのエントランスから中に入れなくて、少なくともマリカママが帰ってくるまでは外をふらふらしてなければいけない。朝、マリカママが言っていた「撮影で遅くなる」は、初香が思っていた以上の遅さのようで、もう日付が変わりそうな時間なのに、「何時頃帰ってくる?」と送ったメッセージに既読がつかない。

何も考えずに帰れる家があって、親がごはん用意して待っててくれたのって幸せだったんだな、と思いながら、マリカのマンションの近くの公園に向かった。ブランコに腰を掛けると、もはや気力も体力も尽き果てて、ドスンと重くなった体を起こすことも面倒になった。

「あのさ」

何もすることがなくなって、初香は〝ジン〟に話しかけた。

「ん？」

「昨日、今まで三回封印解かれたって言ったじゃん？」

「ああうん」

「三人目の主はどういう人で、どんな願い事を言ったの？」

〝ジン〟は、ああ、と言いながら初香に背を向け、少し間を置いた。

「三人目は、若い兵士だったな。何十年も内戦が続く国で、反政府ゲリラとの銃撃戦で銃弾を受けた彼は、飛び込んだ民家にあったナイフで皮膚を切り、弾を取り出そうとして俺の封印を解いた」

「もしかして、話、重い？」

ちょっとだけ、と、〝ジン〟は背中を向けたまま指でジェスチャーを返してきた。

「彼の最初の願い事は、自分が人を不幸にする願い事をしようとしたら、その願いをかなえないでほしい、っていうものだったよ」

「願い事をかなえるなって願い事をしたわけ？　意味不明《イミフ》なんだけど」

「彼の周りではあまりにも人が死んでたから、きっと自分は敵を憎んで、誰かを不幸にするために魔人の力を使ってしまうから、って。その願い事を聞き入れてから、俺は何度か願い事を断ったよ。彼は泣きながら、憎しみのままにいろんな願い事を言ったからね」

あ、と、初香はうつむいた。泣きながら、両親を消したい、と口走ったのを思い出したのだ。もし〝ジン〟が機械的にその願いをかなえていたらと思うと、ぞっとする。

「彼はすごく奥さんを愛していたけど、その奥さんは戦争に巻き込まれて死んでしまった。俺は、彼が全然願い事をしないから、奥さんを蘇《よみがえ》らせることもできるけど、って言ったんだ。けど、彼はそれを願わなかった」

「なんで?」

「人が死ぬのは運命で、奥さんが生き返っても、いずれはまた死ぬことになる。自分が先か後かはわからないけど、いずれにせよ最愛の人と二度も死別することになるなんて耐えられないからって」

「そっか……」

「彼はやがて政治家になって内戦を終わらせようと奮闘したけど、あと一歩というところで、重い病に倒れた。そこでようやく、彼は二つ目の願い事を言ったんだ。自分の寿命を、五年だけ延ばしてほしい」

「何年でもいいのに、たった五年?」

「永遠の命を授けることもできるぞ、って言ったけど、そんなのは要らない、って言われたね。延長した五年の間に、彼はその国の大統領になって、内戦を終わらせた。そして、その後すぐに亡くなった」

「また三つ目を言ってもらえなかったわけか」

「いや。彼は死の間際に三つ目の願い事をしたんだ。俺が解放されてないのは、まだその願い事をかなえてる途中だから」

「どういうこと?」

「彼の最後の願いは、自分の他にもう一人だけ、誰かを救ってほしい、ってものだった。そのために、俺は彼の奥さんの形見のオルゴールに封印されることになった」

　じゃあ、あれは、と、調子のおかしい音を出すオルゴールが初香の目に浮かんだ。古臭いもの、と思っていたけれど、そんなドラマがあったとは思いもしなかった。

「あのオルゴールは、彼の奥さんが死んだとき、爆風で中の櫛歯《くしば》が曲がっちゃったんだよ。でも、彼は毎日あのオルゴールを聞いてた。俺をオルゴールに封印したのは、あんなに音程がおかしくなったオルゴールを一曲全部聞くなんて、心を痛めてる人だろうからってさ」

そっか、と、初香はため息をつき、うなだれた。

願い事をするって、難しい。

「二つ目の願い事、言ってもいい？」

「もちろん」

「あのさ――」

初香が二つ目の願い事を言おうとした瞬間、どこからかやってきて目の前を通り過ぎようとした人と目が合った。あまり素行はよくなさそうな見た目の男が三人。いやな感じがする、と思ったが、その予想はきれいに当たった。目が合った男が、他の二人に何か話しながら、初香を指差した。全員の視線が初香に集まって、足の先から頭の上まで舐《な》めるように視線が這《は》いずる。初香はゆっくり腰を浮かせ、するっとその場から立ち去ろうとしたけれど、だめだった。進行方向を三人に塞がれて、身動きが取れなくなった。

頭上にある街灯に、虫が集まっているのが見える。光が強ければ強いほど、その光に群がってくる虫も増える。スポットライトの下にいるということは、いいことばかりではないらしい。

「お姉さん、なにしてんの？　暇そうだし、遊びに行かない？」

「いや、いいです」

「いいじゃん。近くに車停《と》めてるからさ、ドライブ行こうよ」

男たちがなにを考えているかは、初香にだってわかる。いろいろ考えたけれど、今は絶体絶命のピンチだった。初香は男たちの間を強行突破しようとしたが、案の定、あっさり腕を摑まれて引っ張り戻される。男女の力の差は理不尽だ。

「ちょっと、逃げなくてもいいじゃん」

「やめてください」

〝ジン〟に願い事をすれば、この状況から抜け出せる。でも、願い事はあと二つしかない。こんなところで使ってしまったら、取り返しがつかなくなる。あと二つ、どうしてもかなえなければならない願い事があるのに。


——何してるんですか！


薄暗い公園に、どこかで聞いたことのある声が響いた。驚いて声のした方向に目を向けると、そこにいたのは、「初香」だった。目の前に自分がいる、という状況に戸惑ったが、すぐに、その初香がマリカなのだ、と理解した。

「おい、なんだこのブス、関係ねえだろ」

ブス、という言葉が、初香の胸にぐさりと突き刺さる。やっぱり、もともとの自分はブスなのか、と、思いもよらないダメージに泣きたくなる。本来、ブスなどと言われたことのなかったであろうマリカは、初香の体の中でどう感じているのだろう。いや、この顔は私のじゃないから、とか思っているだろうか。

「関係なくないので！」

「はぁ？」

「私、その子の、友達っ、だから！」

高校に入ってから、目立つようなことをすまいとして生きてきたせいか、マリカが声を張ろうとしても初香の体からは大きな声が出ずに、カスカスの声になってしまう。それでも、マリカは、顔を真っ赤にして、必死に声を絞り出していた。よく見ると、手も足もガタガタ震えている。

「警察を、呼びます、よ！」

マリカが半泣きになりながら、一、一、〇の三桁の数字が表示されたスマホの画面を男たちに向ける。カスカスの喉で叫んだ声が、夜の公園にこだました。

7

公園のブランコに並んで座り、喉がめくれ上がるほど号泣する「中身が初香のマリカ」の肩に、「中身がマリカの初香」が手を置いた。そして、優しく、ぽんぽん、と叩く。

「その、〝ジン〟っていうのは私には見えないし、とても信じられない話だけど、ほんとなんだよね、きっと」

初香と入れ替わったマリカは、今日一日、どうすることもできなくてあちこちふらふらして、本来の自宅マンションに一旦帰ってみようとした途中、男に絡まれる「自分」を発見することになったそうだ。マリカが初香の姿になっているなら、あれはきっと初香なのだろうと思ったマリカは、とっさに助けに飛び込んだ。

初香は、初香とマリカの体がなぜ入れ替わったのか、すべて包み隠さず話した。〝ジン〟のことも、自分がマリカと入れ替わりたいと願ったことも。魔人だの魔法だのというありえない単語がポンポン飛び出す話を、マリカは黙って聞いていた。事実、体が入れ替わっている以上、その話を飲み込むしかない、という感じなのだろう。

もちろん、初香は泣きながら何度も謝った。マリカは激怒するかと思ったのに、そっか、そういうことか、と言うだけだった。どうせなら、ボッコボコに罵倒《ばとう》されたほうがよかったのに、マリカは怒る様子もない。

「初香がいいなら、私、このままでもいいよ」

「は?」

全部話しきった後のマリカの言葉は、予想のはるか上から飛んできた。は? そのまま? と、思わず二度見して聞き返す。

「なんで、そんな」

「私、ずっと私でいることが辛《つら》かったから」

「なんで? みんなマリカみたいになりたい、って思ってるのに?」

「もともと、目立つのとか好きじゃないし。お母さんは私をモデルにしたがってるけど、ああいうの、緊張するし、怖いし、自信ないんだ。でも、小さい頃からずっとお母さんに期待されてきたから、今さら無理です、なんて言えなくなっちゃって。高校三年間だけは普通の高校生でいたい、って言って今はなんとか仕事休んでるけど、もうすぐ卒業だって思ったら、怖くなってきちゃって」

「自信ない、とか、嘘でしょ？」

「初香が人前に出るのが好きなら、私より私に向いてるんじゃないかと思うんだけど」

そういえば、と、朝、マリカママと話したことを思い出す。圧がすごすぎてびっくりしたけれど、マリカは小さい頃からずっと、その圧を受け続けていたということだろうか。

「私、周りが期待する自分にはなれる気がしないんだ」

マリカは、ぽつぽつと自分の話をしだした。マリカは、本当は地味な性格で引っ込み思案、注目されるのは大の苦手のようだ。クラスの一軍の子たちと付き合うのも、その子たちに流されているからで、自分と話の合いそうな子たちと話そうとすると、一軍女子たちから陰口を叩かれてしまう。逆に、マリカに話しかけられた普段二軍扱いの地味女子たちも、なにか裏があるんじゃないかと警戒するので、マリカとは距離を取ってしまうらしい。マリカが芸能人クラスの容姿じゃなかったら、そんなことは起こらなかっただろう。言われてみれば、小さい頃は初香がマリカを引っ張りまわして遊んでいた気がする。

黒葛原くんと付き合ったのも、周囲の期待に押されてしまったからであるようだ。みんな、かわいい子はイケメンと付き合うべき、と思っていて、黒葛原くんと付き合わないでいると、将来芸能人になるつもりだから自分たちを見下しているんだ、と、また陰口を叩かれる。家では、母親から「男と交際するなんて許さない」と言われ、学校ではあちこちから「付き合えばいいのに」という圧力をかけられ、短期間だけ付き合ってみて、その間に塩対応をして黒葛原くん側から振ってくれたらいい、と思っていたようだ。本人は何も悪いことをしていないのに、見た目がこうというだけで、勝手に人から嫉《そね》まれたり憎まれたりして、いろいろ気を遣わなければならない。その苦労は、初香も少しだけ体験した。

「今日ね、朝、いきなり初香と入れ替わっててびっくりしたんだけど」

「そりゃ、そうだよね」

「お昼に、初香のお母さんがハンバーガーを買ってきてくれて。それが、信じられないくらいおいしくて」

休日、近所のハンバーガー店でお昼を買ってくるのは、初香の家では定番だ。

「ただのハンバーガーだよね？」

「私、はじめて食べたから。お母さんにずっとダメって言われてきて。子供の頃から食べてみたくて、ようやくその願い事がかなったから、自由っていいなって」

「自由」

「初香は私をうらやましいって言ってくれるけど、私は初香のことがうらやましいなって思って。昔、遊んでた頃からずっと。初香は自由に生きてるし、お父さんお母さんも優しいし」

「え、うちの親とか、マジでウザいけど？」

「そうかなあ。なんか、初香のことすごく好きで、心からかわいがってるんだなって思ったよ」

まさか、マリカが初香をうらやんでいたなんて思いもしなかった。同時に、外からじゃわからないことがたくさんあるんだな、とも。それは、マリカもそう思ったのだろう。二人で顔を見合わせて、自分の顔を外から眺めながら、「戻るしかないよね」という意見で一致した。結局、姿かたちが入れ替わったところで、初香は初香でしかなく、マリカはマリカでしかない。魂はきっと、他人の体にしっかり馴染むことがないのだ。どれだけいやでも、自分の人生からは逃げられない。それは今日一日で痛感した。さっき、初香が〝ジン〟に言いかけた二つ目の願い事も、入れ替わった魂を元に戻すこと、だった。

「でも、私、元に戻っても、もう無理かも」

マリカが両手で顔を覆い、肩を震わせて泣き出した。なんか、その泣き方の仕草一つで、見た目は初香なのに、ちょっとマリカっぽさが出てかわいく見える。顔やスタイルがすべてというわけでもないのかもしれない。

「ねえ、マリカさ、ほんとにごめんだけど、マリカの体、着替えるときに見ちゃって」

マリカが、手で顔を隠したまま、何度か小刻みにうなずく。

「ずっと辛いこと、隠してたわけだよね」

初香がシャツの袖をまくると、そこには、赤黒いみみず腫れのような傷が無数に刻みつけられていた。それは、刃物で自分を傷つけた痕だ。

――自分で自分をナイフで切る人なんて、きっとなんか困ってるからでしょ。

マリカの傷はお腹にもついていて、マリカの心の悲鳴そのもののように思えた。マリカが半袖の制服を着ないのは日焼けをしたくないからだと思っていたけれど、そうじゃなかったのだ。初香は、朝、着替えをしているときに気づいたのだが、衝撃のあまり、一旦は見なかったことにした。まあ、気になるなら、〝ジン〟に消してもらえばいいと思っていたから、今日一日はこのままでいることにしたのだ。でも、黒葛原くんの手が服の中に入ってこようとしたとき、このことだけは知られちゃいけない、と思った。

「いつから？」

「高校に入ってから。ダメだってわかってるけど、やめられなくなって。お母さんに知られたら、私たぶん見捨てられる。モデルなんてやりたくなくて自分を傷つけたけど、今までお母さんの言うとおりに生きてるだけだったから、これからどうしたらいいかわからない」

マリカの体の中に入っているせいか、マリカの心の痛みは、なんだか自分のことのように伝わってくる。傷ついた腕を見ているうちに、初香も泣きたくなって、マリカと抱き合いながら、しばらく二人で泣いた。なんだそうか、マリカも、自分と一緒なんだ、と思った。弱くて、なにかと悩みの多い、女子高生。

「後悔してる？」

「うん」

「もうモデルできなくなっちゃうから？」

「そうじゃない。でも、何をやるにしても、自分に自信が持てなくなっちゃった。みんな、傷を見たら引いちゃうだろうな、とか」

黒葛原くんがマリカの傷を知ってしまっていたら、どうなっていただろう。マリカの美しい体に残された幾重もの傷痕は、マリカの体にあるからこそ、より闇が深く、恐ろしいもののように思えた。

「マリカは、好きに生きたほうがいいよ。やりたくないことなんかやんなくていいし」

「でも、もう、遅いから」

「ごめん。せめてものお詫《わ》び、させて」

8

いつもと変わらない、月曜日の朝。

あまり目立たないように「おはよう」と言ってするりと自席に滑り込み、自分の気配を消す。廊下側、前から三番目。神様がスポットライトを当ててくれないその席で、初香はいつものように教室の様子を見ていた。今はほんの少しだけ、そのポジションが落ち着くな、とも思う。

始業十分前になって、初香は、教室の出入口に目を遣った。神様が向けたスポットライトを浴びながら、颯爽《さっそう》と登場したのは、マリカだ。

瞬間、教室に女子たちの悲鳴が響き渡った。

「マリカ、どうしたの！　それ」

教室に現れたマリカは、今日はみんなと同じ半袖の制服を着ていた。それだけじゃない。長くてキューティクルつやつやだった髪をバッサリ切って、軽やかなショートカットになっていた。そのインパクトは教室中のクラスメートを驚愕《きょうがく》させ、悲鳴まであげさせた。やっぱり、創立以来最強美少女の肩書は強い。あのー、初香も昨日髪切ったんですけどー、と口の中で不満を吐いたが、まあ、しょうがないか、と鼻で笑った。

テンションのあがった一軍女子たちがマリカの前にわっと集まってきたが、マリカはその間を滑るように縫って、初香の席の前にやってきた。半袖の制服から伸びる細くて長い左腕には、傷一つ残っていない。よかった、と、初香は心の中でつぶやいた。

初香が〝ジン〟に願ったのは、初香とマリカの魂を元の体に戻すこと。そして、マリカの体の傷を全部きれいにすることだ。マリカの傷痕は腕とお腹にあったわけだけれど、〝ジン〟が一部位ごとに――、と言い出すのを、初香が、うっさいだまれ、と強引に捻《ね》じ伏せた。二つ目、三つ目の願いは間違いなくかなえられて、主の三つの願いをかなえた〝ジン〟は、千五百年かけてようやく自由を手に入れ、消えた。

結局、三つも願いをかなえてもらったというのに、結果はマリカの傷痕が消えただけで、初香の生活には特に変化はなかった。お金欲しかったなー、などとは思うけれど、でも、それでも。

「おはよう、初香」

「マリカおはよ」

「髪、切った？」

「うん。切った」

「似合ってる。かわいい」

ずっと自分の容姿が嫌いで、自分は醜い、ガチブス、と言ってきたけれど、マリカに「かわいい」と言われると、それだけで少し自信が持てた。思えば、人から、ガチブス、なんて言われたら、思い切り傷ついてしばらく引きずるだろうし、そんな言葉を自分で自分に言い続けていたら、かわいくなるもんもかわいくなれないだろう。ずっと、初香自身が初香を傷つけてきたんだな、と気がついた。もう、自分をブス、と言うのはやめる。かわいい子をうらやましいと思うことは仕方がないかもしれないけれど、せめて、自分を傷つけるのはやめようと思った。精神的にも、物理的にも。「かわいいとかマリカに言われたくないんだけど。マリカこそなんそれ。ショートもバカかわいいじゃん卑怯《ひきょう》」

初香が冗談めかして笑うと、マリカも笑った。マリカが笑うと、口角に小さなえくぼができる。生物として完璧すぎんだろ、と思いながら、マリカに「またあとで」と小さく手を振った。今日は、一緒にお昼を食べる約束をしている。

一瞬、マリカに当たるスポットライトの光の下に入ったせいか、その日一日、クラスのみんなが妙に初香を意識していた気がする。なぜ二軍女子の初香が急にマリカと話すようになったのか不思議に思ったのだろう。そのうち、どこからともなく、もともと初香とマリカが幼馴染だった、という事実が広まり、午後に入ると、ガラの悪い男に囲まれているマリカを初香が助けた、という話も広まっていた。誰か目撃者でもいたのだろうか。初香はそっと、「黒葛原くんがマリカにちょっかい掛けて振られた」という話をリークしておいた。黒葛原くんについては、裏で「マリカがヤラせてくんねえのマジなんなの」とか、「ヤレねえ美女よりヤレるブスのほうがいいわ」などの数々の暴言を吐いていたことが明らかになり、一日にして「人気者」から「ドクズ」へと評価が暴落した。イケメンの皮をかぶっていても、中身がそれじゃなあ、と、初香も黒葛原くんへの評価を変えた。今後は、顔だけで男を判断するのもやめる。不幸になりそうだ。

放課後、初香はいつものように一人で家路についた。帰る途中の路上から、マリカの部屋のある駅前のマンションが遠くに見える。マンションのてっぺんから見下ろす光景はすごかったし、マリカのベッドはなんかめっちゃいい匂いがしたけれど、シングルベッド一つで部屋のほぼ半分が埋まっているこちゃこちゃした自分の部屋のほうが居心地はいいな、と思う。

近道である川沿いの土手道に出ると、初香の進行方向正面にやたらガタイのいい男が一人、道をふさぐように立っているのが見えた。顔だちがややエキゾチックなので日常風景にまったく溶け込んでいない。男は初香に向かって、よっ、とばかり、右腕《みぎうで》をあげた。

「どうしたの？　自由になったんじゃなかったの？」

「自由になったよ。魔人から人間になれた」

立っていたのは、もはやランプの、もといオルゴールの魔人ではなくなったジンだった。いつもみたいにふよふよ浮いているわけもなく、その存在には、そこにいる、というしっかりとした実感がある。初香は近づいて行って、思わずジンの体をペタペタさわった。ほんとだ、人じゃん、と感動する。筋肉がすごくてやたら固い。

「魔法は使えなくなっちゃうんでしょ？　もったいない」

「もったいなくないよ。魔法が使えるだけで、何百年もじっとしてなきゃいけないとかマジでしんどいから」

「それはそうかもだけどさ」

「魔法なんか使えなくても、足があれば歩いていけるんだし、自由はほんとに素晴らしいな。なにかにとらわれているよりよっぽどいい」

「で、せっかく自由になったのに、なんでこんなとこに戻ってきたの？」

「それがさ。人間になったのはいいんだけど」

ジンは魔人から人間になったものの、おそらく、当初想定よりだいぶ時間がかかってしまったようで、現代社会に適応するのにかなり苦労しているようだ。おおらかだった昔と違って、今は戸籍だのなんだのいろいろあるし、なかなか、ぽっと人間になったばかりの魔人が一人の人間として社会に加わるのは難しいのだろう。

「だから、ちょっと初香に手伝ってほしいんだけど。この世界のセオリーをもうちょいよく教えてほしい」

「初香も、法律とか手続きとか、そういうの全然わかんないけど？」

「でも、他に頼む人いなくてさ」

「あれかな、記憶喪失で、とか、そういう設定にしてみる？」

「演技とかやだな、なんか」

「だって、人間になったんだったら、衣食住揃《そろ》えないと死ぬよ？」

「それでか。なんかふらふらすると思った。空腹なのか、これ」

やべえめんどくさいじゃんもう、とため息をつきながら、初香は途中で買ってきた菓子パンをジンに渡した。ジンは、「なにこれうま」「自由は素晴らしい」とか言いながら、一瞬でパン一個を平らげた。

「あのさ、初香がじゃあ、できるかぎり面倒見てあげるけど」

「ありがとう。感謝する」

「その代わり、願いを一つかなえてくれん？」

「願い、かあ。でも、もう魔法使えないんだけど、俺」

魔法なんかいらないから、と、初香はジンの横に回って左腕にしがみつくように腕を絡め、ごっつごつの手を握った。

「強面だけど、実は優しい彼氏が欲しいんだよね」

　やや困惑した様子のジンを引っ張って、川沿いの道を一緒に歩く。スマホを取り出して、母親に『帰る途中で記憶喪失のマッチョ男子拾ったんだけど、連れて帰っていい？』というメッセージを送ると、すぐに『何言ってんの？』『でもメンズの筋肉好きだからいいよ』というリプが返ってきた。ウチのお母さんアホでよかったわ、と笑いながら、ジンを引っ張って自分の家に向かう。

「ねえ、魔人てさ」

「ん？」

「未来がわかったりするの？」

「さあ。どうだろ」

「絶対さ、こうなることわかってたんでしょ」

「なんでそう思う？」

「じゃなきゃ、ジンは初香とマリカが入れ替わるなんて願いはかなえなかったんじゃないの」

「面白い考察」

「三人目の主の願いをかなえるため？」

「どうだろ」

「え、答えてくれてもよくない？」

　さあ、どうだろうね、などと言いつつ、ジンが初香の腕を振りほどき、大股で歩いていく。もう、せめて手ぐらい繋いだっていいじゃん、と思うのに、ジンは願いをかなえてくれない。

子供部屋おじさんはハグがしたい

1

三十過ぎで購入した築三十年の中古住宅に妻と娘と三人暮らし。勤続二十年にしてようやく課長職に就《つ》くも、残業代が出なくなって激務薄給はさらに加速。住宅ローンと子供の学費のために趣味などはすべて諦め、昼食もわびしくワンコイン以下。なのに、妻には安月給と嫌みを言われ、思春期の娘からは臭《くさ》いから寄るなと汚物の如《ごと》く扱われる。自宅二階のバルコニーでタバコを吸いながら、俺はなんのために生きているのかな、などと夜空を見上げてため息をつく。


それが、四十三歳の自分の、悲しいリアル。

と、ケンゾーは思っていたのだが。


「まさかさあ、それすら夢みてえな話だったとか、なんの冗談かと思うよな！」

そう言いながらけらけらと妙に甲高《かんだか》い声で笑ったのは、りきっちょだ。ケンゾーの中学時代からの友達で、ケンゾーと同じく、未婚の独身、実家暮らし、非正規職という、世間からはあまり好意的に見られない類《たぐい》のオジサンである。さらに「彼女いない歴イコール年齢」と「童貞」という役もついて、五翻満貫《ウーハンまんがん》だ。昔から二次元女子好きで、現実の女性に興味がなくなった結果、恋愛経験皆無のまま今に至っている。

「結婚どころか、女子と話すことすらハードル高《たけ》えもんな」

「もうさ、俺はアイドルいればいいわ。結婚とかメリット感じない。めんどくさいし、金かかるし。同い年くらいの女とかババアでしかないし」

「まあ、いうて俺らも立派なオジサンだから」

今日はケンゾーの四十三歳の誕生日で、いつものメンバー《イツメン》がケンゾーの実家に遊びに来ていた。みんな中学の頃からの友達で、りきっちょの他にも、筋トレマニアで筋肉が恋人のエビケン、歳の割にはこじゃれた格好のツトムがいる。ツトムだけは一度結婚した経験があるが、すでに離婚しているので全員独身だ。

四人で集まると、昔も今もやることは大して変わらない。誰かの家で部屋にこもってだべりながらゲームをやるか、本棚に並んだ漫画でも読み漁《あさ》るか。みんな、仕事だ結婚だと数年間疎遠になった時期もあるが、結局は実家に戻ってきて、またこうして中学の頃と同じような休日を過ごしている。世間は、実家住まいの中年男を「子供部屋おじさん」などと揶揄《やゆ》するが、実際、親が家事をやってくれるし無駄な食費や家賃もかからないし、コスパ最高で居心地がいいのだから仕方がない。仕事はしていてニートではないのだし、放っといてくれと思う。

確かに、ケンゾーが中学生の時に想像していた四十三歳の自分は、もっと大人だった。でも、いざその歳に自分がなってみると、相変わらずゲーム三昧の生活で、精神的に大人になったという気はしない。あの頃と変わったことと言えば、ケンゾーが二十キロ太り、りきっちょのデコがだいぶ後退し、エビケンがムキムキになり、ツトムがバツイチになったことくらいだ。

「なあなあ、ケンゾーの生誕記念バトサー大会しようぜ。優勝者は飲み一回おごり」

「は？　バトサーで？」

りきっちょの言う「バトサー」とは、「大激闘！　バトルサークル」という、中学の頃に流行《はや》った四人対戦のレトロゲームだ。ケンゾーが首を傾《かし》げたのは、三十年間、この四人で対戦してほぼ負けなしだからだ。他の三人とは、やりこみのレベルが違う。

「俺、余裕で勝つと思うけど、接待プレイってこと？」

「勝負はやってみないとわからない」

エビケンがコントローラーを握りながら、服の上からでも盛り上がっているのがわかる大胸筋をびくびく動かす。でも、ゲームなら筋力は関係ない。

「決まり。一番先に脱落したやつは罰ゲーム。覚悟しろよ、ケンゾー」

「なんにする？　全員分のコーヒー買ってくるとか？」

「そんなヌルいのじゃつまんないだろ。もっとヤバいやつだってての」

2

真っ暗闇の中、ケンゾーは大きなため息をついた。もう何分この体勢のままでいるだろう。そして、あとどれくらいこうしていればいいんだろう。

先週のケンゾーの誕生日、りきっちょが言い出したバトサー大会の罰ゲームは、「渋谷駅前で一時間目隠しフリーハグ」に決まった。バトサー大会はりきっちょの罠《わな》だったのである。ゲーム開始早々、ケンゾーは三人からの猛烈な集中攻撃を受けて秒殺。こんなん反則でしょ、と異議を申し立ててもあっさり却下された。食い下がってもどうせ険悪になるだけだし、割り切って罰ゲームを受けることにしたのだが。

渋谷は久しぶりだ。でも、二十年くらい前、「ダンス・バウンス・エモーション」というアーケードゲームに大ハマりしていた頃は、渋谷のゲームセンターに入り浸っていたこともある。「ダンエモ」は、ステージのような筐体《きょうたい》の上に立ち、正面のディスプレイに表示される譜面に合わせて光るパネルを踏んで得点を競う「音ゲー」だ。当時、渋谷の某ゲーセンには上級者が集まってきて、日夜熱い対戦が繰り広げられていたものだ。でも、ネットを使った通信対戦が家庭用ゲーム機でも当たり前になるとゲーセンに集まる人が減り、ケンゾーもいつの間にか足が遠のいてしまっていた。

そんなお久しぶりの渋谷で、なにゆえフリーハグなどやらねばならないのか。フリーハグとは、知らない人と抱き合うことで世界平和や戦争反対を訴える活動で、二〇〇〇年代初めにアメリカで始まったムーブメント、とのことだ。りきっちょによると、ハチ公前あたりでフリーハグをやっている人間が結構いて、外国人観光客やら若者やらがハグし合っている姿を頻繁に見かけるのだそうだ。むろん、世界平和などという高潔な感じではなく、ややユルい雰囲気で行われているようだが。

とはいえ、それは主に若者がやることであって、オジサンが腕を広げたところで誰も彼もが寄ってくるわけがないのだ。あいつ女とハグできると思ってんじゃゃねえの、などと気持ち悪がられるのは目に見えているし、下手《へた》すれば乱暴な連中に囲まれて小突かれるかもしれない。なにかと世間からの扱いが悪いオジサンに科せられる罰ゲームとしては最悪の部類で、早く終われ、と祈るばかりである。

ケンゾーは「フリーハグズ」「ラブ&ピース」などと雑に書かれた段ボールを足元に置かれ、アイマスクで視界をふさがれた状態で一番人通りの多い一角に立ち、ハグを待っている。今この瞬間、何千人、何万人という人が目の前を行き交っているはずなのに、ケンゾーに向かって近づいてくる足音は皆無だ。

「うわ、キモ」

ほんの少し離れた場所からそんな声が聞こえてきて、胸がずきんとうずく。声の主は、たぶん若い女子だ。まさか俺のことじゃねえだろ、と考えるほどおめでたくはなれない。こっちもやりたくてやってんじゃねえんだよ、と、頭の中で猛烈に反論したのとは裏腹に、ケンゾーは急に今日の自分の姿が気になり始めた。少しは髪型を整えたほうがよかったか、とか、口臭や体臭はないだろうか、とか。まるで、エデンの園で善悪の知識の樹の実を食べてしまったアダムとイブの如くだ。イブはいないけれど。

ケンゾーは両腕をさらに大きく広げて、目の前を歩いているであろう人たちにアピールをした。誰か来いよ、誰か。一人くらい。ふざけんなよ、なんでオジサンってだけで避けていくんだよ。ケンゾーの悲痛な思いもむなしく、渋谷の街はケンゾーの存在など一顧《いっこ》だにすることなく動き続けていた。

3

すみません、おかわり、と、ケンゾーが空のグラスを振る。罰ゲームを終えて、ケンゾーたちは渋谷駅近くの格安居酒屋に入店し、バトサー大会優勝のりきっちょに酒を奢《おご》ることになった。若者の街と言われがちな渋谷も、入り組んだ路地に入ると昭和の香り漂うオジサン向けの店が結構ある。

年季の入った座敷席に上がり、キンキンに冷えたビールで乾杯すると、ようやく緊張がほぐれて、一息つくことができた。

「にしても、笑ったよな。ケンゾー浮きまくってたよ」

乾杯が済むと、さっそくりきっちょがさっきの話を蒸し返してきた。ケンゾーはいきなりかよ、と、軽く舌打ちをした。

「しょうがねえだろ。誰がやらせたんだよ」

「全然誰もハグしにいかなくてさ」

「そりゃ、誰だってオジサンとハグなんかしたくねえから。俺だっていやだし」

フリーハグの結果は惨憺《さんたん》たるものだった。

結果的に、ハグをしていったのは一人だけ。やはり、なんだかんだ言ってオジサンに対する世間の風当たりとか拒絶感は強いらしい。それでも、ケンゾーはまあそれで納得はしていた。ケンゾーとハグをしたがる人なんかまずいない、というのはやる前からわかっていたことで、ひとり来ただけでも奇跡と思っていたからだ。ゼロとイチとでは雲泥《うんでい》の差だ。たった一人でも、ケンゾーの存在を認めて、ハグをしてくれた人がいたというだけでもなんだか救われた。

普段、ケンゾーは友達も含め自分以外のすべての人間に不満を感じながら生きている。自分を見下す人間など論外だが、友達や親でも、基本的にはケンゾーの思う通りにはならないので、いらいらしたりムカついたりすることが多々ある。家で通信対戦のゲームをしているときなどは、対戦相手が生きた人間だという感覚が薄れるせいか、面と向かっては言えないような暴言を吐きまくるのが日常茶飯事で、他人の存在に鈍感になりがちだ。それがフリーハグをやってみると、少し価値観が変わった。やるまではフリーハグなんて、とバカにしていたけれど、案外、相手が誰であれ、他人の存在を再確認して、自分の存在を感じてもらうというのは悪くない、とケンゾーは思った。

ケンゾーがビール一杯ですでにほろ酔いになりながらそう語ると、エビケンとツトムが顔を見合わせた。りきっちょはどでかいハイボールのジョッキを片手に、げらげら大笑いしている。

「ケンゾーはさ、そういうクサ熱いセリフをよう真面目《まじめ》な顔で吐けるよな」

「うっせえな。ま、りきっちょもやってみろよ。俺の言う意味がわかるから」

「そんなに嬉しかったの？　あのハグ一回が？」

「嬉しい、とかじゃねえけど。でもまあ、案外悪くなかったわ、フリーハグ」

りきっちょはまた爆笑すると、隣のツトムの肩をばんばん叩いた。結構強めに見えるのだが、ツトムは顔色ひとつ変えない。けれど、ケンゾーが視線を移すと、ツトムは動揺したように目を泳がせた。それだけじゃない。エビケンも露骨にケンゾーから視線を外し、妙な空気が流れた。元々、空気を読むということがそれほど得意ではないケンゾーではあるが、さすがに二人の態度で、ある程度のことを察した。ケンゾーの中で何を言うかまとまるよりも早く、普段はあまり自分からしゃべらないツトムが、珍しく口を開いた。

「ごめんね、ケンゾー君」

4

目が回る。

自宅の最寄り駅まで帰ってきてみんなと別れると、一気に酔いが加速した。もう夜も遅くなって、いつもは賑《にぎ》わう駅前も人影がまばらだ。ケンゾーは駅前のデッキから夜の街を眺めながら、はあ、とため息をついた。渋谷で飲んでしゃべって全部忘れたと思っていたのに、自分でも驚くほどフリーハグの件が効いていた。

結局、フリーハグでケンゾーとハグをしたのは、りきっちょに「あいつあまりにもかわいそうだから」とけしかけられたツトムだった。もちろん、サクラなど一人にカウントできないので、ケンゾーのフリーハグの結果は、一時間でゼロ、ということに他ならない。

最初からゼロだと思っていればその屈辱にも耐えられたかもしれないけれど、一人は来た、というのが救いになっていたケンゾーにとっては、かえって残酷な現実を突きつけられた形だ。俺はちょこっとハグするのさえ嫌がられるような人間なのか、というえぐえぐした感じがお腹の奥にずっと残って消えない。

家に帰る気にもなかなかならなくて駅前をふらつきながらぼんやりしていると、深夜の静寂を裂《さ》くように音楽が聞こえてきた。駅ビルの前で、ストリートダンサーの若者が数名集まって練習をしているようだ。駅ビルはガラス張りで、街灯の光を受けると鏡のように自分の姿が映る。ストリートダンサーなどというやつらとはまったく接点はないが、連中の中ではあそこが定番の練習スポットなのだろう。ふと、ケンゾーも足を留め、ガラスに映る自分を眺めた。髪は白髪だらけでパサパサ。若い頃から二十キロ増えた体は腹が突き出ていて見苦しい。目の下はたるみが目立つし、ずっと同じ姿勢でゲームをしているからか、背中が丸まって貧相に見えた。ハグしましょう、と腕を広げてみると、うわ、キモ、という声が耳元でリフレインした。

いや、ちょっと待てって。

マジでそんなキモいか？


すぐ目の前に、コーヒーの空き缶がぽつんと置かれていた。ゴミ箱に捨てられることもなく、回収してリサイクルされることもなく。自分もこんな風に社会から弾《はじ》き出《だ》されているのかと思うと、無性にイライラした。苛立《いらだ》ちに任せて誰もいない方向に缶を蹴り飛ばす。が、運動不足のせいか距離感がつかめずに蹴り足を必要以上に内股気味に巻き込んでしまい、缶は想定より九十度横に吹っ飛んでいった。つまり、ダンスの練習をしている若者たちのほうへ。

「おい！」

案の定というか、ケンゾーはあっという間に怒れる若者たちに取り囲まれた。ケンゾーが蹴り飛ばした缶が、最悪なことに一人の男の後頭部にピンポイントでヒットしてしまったのだ。深夜にたむろしているだけでも十分に素行が悪そうな集団に見えるが、缶が当たった男はさらに腕やら首やらにタトゥーが見え隠れしていて、服装もやんちゃっぽいし、とても穏便に済ませてくれそうな人間には見えない。どうしよう、と内心焦るが、一目散に逃げたところで、あっという間に追いつかれるのは火を見るより明らかだ。

「あのさ、オジサンのくせになんのつもりだよ、これ」

非は百パーセントケンゾーにある。すぐに謝り倒そうと思ったのに、アルコールのせいもあってか、その一言で頭に血が上った。オジサンのくせに、ってなんだ。威勢よく言い返すことはできないが、プライドが傷ついて、すみません許してください、と頭を下げることもできなくなった。だが、ケンゾーがむっつり黙っていると、若者たちも、謝れ、とか、慰謝料をよこせ、などとヒートアップしてくる。意地を張っている場合じゃない、と我に返ったときには時すでに遅し、一触即発の雰囲気が漂っていた。

「おい、やんのか、オジサンよお！」

絶体絶命のケンゾーが現実逃避すべく目の前の若者たちから目をそらすと、少し遠くから聞き覚えのある音楽が聞こえてきた。若者たちが音楽を再生しているスマホに繋がったスピーカーからだ。聞き覚えがあるのも当然で、「ダンエモ」プレイヤーなら誰しもがクリアに苦労させられた曲だ。海外アーティストの代表曲なので、おそらくダンサーの間でも定番曲なのだろう。

「おいおい、オジサン、まさかダンスバトルするつもり？　俺らと？」

なんとかこの場をやり過ごさなければ。ケンゾーは藁《わら》にも縋《すが》る思いで、曲に合わせてステップを踏んだ。なんかノリでごまかせないか、と思ったのだが、ケンゾーが踊り出したのがあまりにも意外だったのか、なぜか急に若者たちが盛り上がった。缶が当たって怒り心頭の様子だった男も、にやっと笑って、ケンゾーを挑発するように踊り始める。他の若者たちも、周りで、フゥー、だの、イェー、だのと言って煽《あお》り立てる。ダンエモは音符《ノーツ》通りに足を動かすとちゃんとダンスっぽい動きになるよう作られているので、ケンゾーがダンスバトルを挑んだと勘違いされたのかもしれない。

「え、なに、オジサン、踊れんじゃん」

いや踊れねえわボケ、と、ケンゾーは内心そう毒づいた。ダンスなどやったことがないが、ダンエモの足の動きなら体が覚えている。曲後半の難所パートのステップを再現すると、若者たちがわっと沸いた。そこからサビに入ると、ケンゾーの足の動きを覚えたのか、全員が即興でぴたりとステップを合わせてくる。ケンゾーも、おいこいつらすげえな、と、ちょっと感心した。このステップは、難しくて何度も練習をした記憶があるからだ。

全員で同じ動きをすると、なんだか妙な連帯感が出てくる。どういう状況だよこれ、と困惑しながらも夢中で曲の最後まで完走すると、興奮した様子のダンサーの若者たちが、ケンゾーを囲んでもみくちゃにした。息が上がって今にも吐きそうだったのだが、ケンゾーはその輪の中心でされるがままになっていた。

「なにこのオジサン、やべえ、おもしれえ」

さっきまで殴りかかからんばかりだった若者たちが、笑いながらケンゾーにハイタッチを求め、一人一人、ハグをしてきた。少し汗ばんでしっとりした服の感触や体温を直《じか》に感じながら、ケンゾーは、なにこれ、とつぶやいていた。

5

最近はゲーセンもキャッシュレスなのか、と思いつつ、二次元バーコードでワンプレイ分のクレジットを購入すると、ズキュン、という効果音の後に、「ダンス・バウンス・ジェネレーション」というタイトルがばばんと映し出された。土曜の午前中、地元唯一のゲームセンターは閑散としていて、アーケードゲームコーナーは貸切状態だ。少し寂しくもあるが、今日は人がいないほうが都合がいい。

「っしゃ、やるか」

りきっちょたちと遊ぶ約束をキャンセルしてゲーセンにやってきたのは、「ダンジェネ」をプレイするためだ。ダンジェネは、あのダンエモの後継機種で、基本的な部分は踏襲しつつも、より現代風になっている。高スコアを出していると、筐体に備えつけの照明がぴかぴか光りだしたり、プレイ動画がリアルタイムで動画配信されたり、テクノロジーの進化を感じる仕様になっていた。ステップのパターンもより複雑になっていて、ダンエモよりもかなり難度は上がっている印象だ。

曲が始まる。画面を見ながらタイミングを見定めてパネル上でステップを踏むと、画面に「グレイト！」と判定が出た。タイミングが正確であるほど、バッド、グッド、グレイト、パーフェクト、と評価が上がり、点数が加算される。曲中のチェックポイント通過時に一定の点数が稼げていれば曲が継続。最後まで踊り切れたらクリアだ。

久しぶりにプレイしてみると、体がじわっと熱くなった。動いているせいもあるが、それ以上にフリーハグの日の妙な興奮が蘇ってくるからだ。あんなにわかり合えそうになかった若者たちが口々にケンゾーをほめ、缶を当てたことを水に流し、あまつさえハイタッチやハグまでしていったのだ。最近は、駅前で出くわすと、オジサン！　と声をかけられるほどになった。渋谷では、フリーハグをしても誰一人近づいてさえこなかったのに。

たぶん、嬉しかった、んだろうな、俺。

その興奮がどうしても忘れられなくて、ケンゾーはダンジェネをプレイしようとゲーセンにやってきた。若者たちは、見た感じ踊れそうにない体形のオジサンがダンスするという意外性を面白がってくれたのだろう。つまり、ダンジェネを極めれば、オジサンとて一目置かれるのではないか、と思ったのだ。

基本的に、ゲーセンではダンジェネ筐体が対戦用に二台並んでいる。相手がいなくてもカメラ越しに通信対戦も可能だ。もちろん、ある程度やりこんだら、通信対戦に打って出る。腹の出たオジサンとナメてかかってくるやつらをボコボコにして連戦連勝していけたら、胸がスカッとすること請け合いだ。

でも、いざダンジェネをプレイしてみると、明らかな体力の衰《おとろ》えを痛感する。頭で考えてから体が動くまでワンテンポ遅くなるし、たったワンプレイで息が上がってぜーはーする始末だ。腋汗《わき》がひどいし、もうすでに膝が痛い。ダンエモに明け暮れていた時代は、さすがにここまでひどくはなかったのに。

でも、それでも。

楽しい。

ケンゾーは昔からゲームにのめり込んでしまう性格だ。子供の頃から、ゲームだけはなぜか負けるのが異常に嫌いだった。たぶん、人よりゲームがうまいということが、運動も勉強もぱっとしないケンゾーの唯一のアイデンティティだったからだろう。あまりにもゲームにハマりすぎて、高校の時は二回ほど留年しかけた。大学時代にはゲーム好きだという初めての彼女ができたけれど、彼女相手でも全力で勝ちに行くケンゾーの性格にドン引きしたようで、三ヵ月で別れることになった。

最近は、家で通信対戦できるゲームが多くてあまり外に出なくなっていたが、こうして、ダンジェネをやり始めてしまったからには、やりこまずにはいられない。久々の運動で悲鳴を上げる肉体に鞭《むち》を打って、ケンゾーは次の曲を選んだ。

6

ケンゾーが横に並ぶと、それまで得意げにダンジェネをプレイしていた若いイケメンが、なにこいつ、という目で、ケンゾーを頭からなぞるように見た。そして、でっぷりした腹のあたりを見て鼻で笑う。

かつてダンエモプレイヤーの聖地であった渋谷のゲーセンは、随分雰囲気が変わっていた。クレーンゲームみたいなカジュアルな筐体を置くコーナーが増えて、客はカップルや学生がほとんど。ダンジェネの筐体は店の奥まった場所に設置してあって、今日は女二人連れのイケメンがしょうもないプレイを披露していた。ケンゾーは空気を読まずに隣の筐体に乗って、無言でクレジットを支払う。ダンジェネは他プレイヤーが乱入すると、シングルプレイが強制終了して対戦モードに移る。対戦を申し込まれたイケメン本人もさることながら、連れの女たちも、興ざめ、という目でケンゾーを見たが、ダンジェネとはそういうゲームだ。素人《しろうと》はすっこんでろ、とばかり、鼻で笑い返す。

選曲は、割り込まれた側の権利だ。イケメンはちらちらとケンゾーを見ながら難易度中程度の曲を選んだ。まあ君くらいだとそうだろうね、と、ケンゾーは足首を回しながら曲の開始を待つ。レッツダンシング！　の音声とともに、曲が始まる。

「あのオジサン、なんかうまくない？」

開始から三十秒もすると、周囲からさわさわとそんな声が聞こえてきた。ケンゾーは、今のところパーフェクトペース。相手のイケメンは、言っちゃ悪いがヘタクソだ。対戦モードは、勝っている側の筐体の照明が豪華になり、負け側は演出がしょぼくなっていくという屈辱仕様だ。時間を追うごとに、ケンゾー側のステージはぴかぴかに光り、逆にイケメンの表情が沈んでいった。一曲終わった結果は、ケンゾーの圧勝だ。

ここ最近、ケンゾーは休日や仕事後など、空いた時間をほぼダンジェネに費やしてきた。収録曲と音符をすべて頭に叩き込み、最高難度の曲もクリア。精度を上げるべく何度もやり込み、半分以上の曲は、最初から最後までパーフェクト判定を出し続けてクリアする「フルコンボ」を達成している。もはや地元のゲーセンでは無双状態で、満を持して実力者が集まってくる渋谷のゲーセンにやってきたのだが、初戦はあまりにも楽勝で拍子抜けだ。

対戦が始まると、それまでのユルい空気が一変して、どこからともなく人が集まってきた。ギャラリーの中には明らかに目つきが鋭い人もいて、ダンジェネのガチ勢だろうと思われた。ケンゾーに敗れたイケメンは意地でもう一度挑戦してきたが、軽く一蹴されると、さっきまでのわいきゃいぶりが嘘のようにテンションだだ下がりの連れ二人とともに、すごすごとどこかに消えていった。

次の相手は、その様子を見ていた黒縁眼鏡《めがね》のサラリーマンぽい男。そこそこ上手《うま》かったが、それでもケンゾーの敵ではなかった。負けたリーマンは、舌打ちをひとつしてステージを下りた。

時間が経《た》つにつれ、ギャラリーはどんどん増えていく。でも、ケンゾーが勝ち残ると、どことなくしらっとした空気が漂った。あれ？　と、ケンゾーはその空気に動揺した。なぜか、勝っているケンゾーが悪役《ヒール》になっている気がする。相手が優勢だと盛り上がり、ケンゾーが盛り返すとなんだか白けるのだ。もっとこう、「ダンジェネうまいですね！」などといろんな人から声でもかけられて、輪の中心になれるものだと思っていたのに、当てが外れた。

「結構やりこんでんね、オジサン」

「ああ、うん、まあ」

　急に話しかけられて、ケンゾーはどぎまぎしながら返事をした。四人抜きの後、五人目に横のステージに立ったのは、若い女だ。へそ出しの黒いタンクトップに白のパーカーを羽織り、下はショートパンツにハイカットのスニーカー。すらりとした生足と、ざっくり開いた胸元から覗くお胸《ムネ》の渓谷が目の毒だ。免疫のないケンゾーは横に立たれただけで動揺するが、女は優雅にキャップを取って長い髪をなびかせ、それを両手で束ねてゴムで結んだ。香水だろうか、揺れる髪から独特の甘い匂いが香ってくる。

「でも、あんたのプレイはきらい」

「え、は？」

「大人が子供を捻じ伏せてにやにや笑ってるみたいな、ヤな感じ」

「別に、そんなつもりは」

「悪いけど、あたしが勝ったら出てってくれない？　そんで、もう来ないでよ、ここに」

「なんでいきなりそんなこと言われなきゃならねえんだよ」

「オジサンてさ、最悪じゃん。空気読めないし、ダサいしクサいし、乱暴だし横暴だし。自分が好きな場所に来てほしくないって思うの、当たり前でしょ」

　女はそう言いながらキャップをかぶり直すと、ケンゾーに視線を向けることなく、ワンプレイ分の精算を済ませた。初対面の他人になんでここまで言われなければならないのか、という憤りを押し殺し、ケンゾーは選曲に入る。選んだのは、『Witness me!』という、ダンジェネ収録曲中最高難度と言われている曲だ。ガチでやってやろうじゃないか、と、ケンゾーは腹の圧力でずり下がったパンツを引っ張り上げた。

レッツダンス！　曲がスタートする。しょっぱなから小刻みなステップを要求される怒濤《どとう》の展開。やりこんでいるとはいえ、ケンゾーでもこの曲はクリアするのが精いっぱいだ。隣のプレイを見る余裕などなく、マシンガンのように高速で点灯するパネルを、ひとつひとつ確実に踏んでいくしかない。ワンミスが命取り、初見ではまずクリア不可能だろう。

初めのセクションをクリアすると、ギャラリーから、おお、と歓声が上がった。勝負は五分五分。ポイントの差はわずかにケンゾーがリードしている。セクション2はさらに難度が上がる。弾む息を必死に整えながら、ちらりと横を見た。女は息ひとつ乱さず、ちょんと小さく跳ねると、人差し指で天井を指した。

そこからの数分は、あっという間に過ぎ去った。まるで、これが私の本気、と言うように、女が全身を使って踊り出す。ケンゾーは画面に集中していたが、それでも女の大きな動きが視界にちらちら入ってくる。ポイントではケンゾーがリードしているのに、女の動きに合わせてギャラリーが大盛り上がりするのがわかる。わっ、という歓声につられて、つい目が横に行った。

なんだこれ。

同じゲームをしているはずなのに、女の動きはケンゾーとはまるで違う。スコアを出すには足だけ動かせば十分なのに、全身を使って踊り、くるりとターンなんかも入れる。まるで本当にダンスを踊っているようだ。時折、舌を出したりウィンクをしたり、横顔にも自信が満ち溢れている。ギャラリーの拍手や歓声を吸い込んで、エネルギーに変えているような、そんな感じだ。

「あっ、ヤバっ」

女に気を取られた隙に、ケンゾーのリズムが乱れた。高速ステップは一度崩れると、立て直すのは至難の業《わざ》だ。なんとか元に戻さなければ、と焦るケンゾーの前に、バッド評価が無情にも並ぶ。かすかなリードはあっという間に逆転され、女に照明を全部持っていかれた。そのまま、ケンゾーのプレイは崩壊し、最後のセクションまで辿り着くことなく敗北した。完敗だ。

「じゃま、オジサン。約束、ってことで」

7

あーもう、なんなんだよ、と、ダンジェネ筐体に向かって悪態が口をついて出た。いつものケンゾーならあっさりクリアできるはずの曲でミスが出て、ランク下の相手に負けたのだ。苛立った勢いで筐体を殴りつける「台パン」をカマしたくなるが、地元のゲーセンを出禁にされたらたまったものではないし、なんとか鼻から息を抜いて理性を保った。見に来ていたりきっちょの大笑いが癪《しゃく》に障《さわ》る。

思えば、こうして変な負け方をするようになったのは、渋谷であの女と対戦してからだ。後から知ったことだが、あの女は「コハル」というユーザーネームの元ダンサーで、ダンジェネ界隈《かいわい》では結構有名人らしい。総合ランキングでもトップテン常連という超上級プレイヤーで、ケンゾーからすると当然格上だが、あれだけオジサンだのなんだのとクソミソに言われて負けたのは屈辱以外の何物でもない。オジサンはキモいからゲーセンに来るな、なんていう暴論を許してたまるかとも思うが、惨敗した以上、しれっと無視してゲーセンに行くのもプライドが許さない。せめてランキングで追い抜いてやれたら溜飲《りゅういん》も下がるが、格下に負けることが増えてそう簡単にはいかなかった。悶々《もんもん》としながらプレイしているせいで、集中力が続かないのかもしれない。

ケンゾーがスランプに陥っているところに、ダンジェネの大会が開かれるという情報が舞い込んだ。賞金はなんと百万円で、優勝者は公式アンバサダーに就任することになるらしい。賞金やらにはあまり興味がないが、関東予選の会場はあの渋谷のゲーセンである。当然、あれだけのトップランカーなのだから、コハルもエントリーしてくるだろう。リベンジの舞台にはもってこいだ。

ケンゾーが「大会に出る」と言うと、りきっちょたちも俄然《がぜん》盛り上がって、ゲーセンで練習していると、応援という名の冷やかしに来るようになった。だが、出る、と言ったものの、この大会へのエントリー資格は、総合ランキング五百位以内だ。ケンゾーはランキング上位に食い込めず、五百位手前をふらふらしている。現時点では出場資格すらない。

ケンゾーがなかなかランキング上位にいけないのは、「いいね獲得数」という壁があるせいだ。ダンジェネでは、配信設定をオンにすると、プレイしている様子がリアルタイムで専用アプリ上に動画として公開され、その動画を見ている人間が「いいね」を投票できるようになっている。総合ランキングは、対戦成績、フルコンボ率、そしていいね獲得数の合算になるので、対戦に勝ってスコアを稼いでいるだけではポイントが伸びず、プレイ動画を公開して「いいね」を稼がなければならない。

じゃあ、どうして「いいね」が集まらないのかと考えると、それはケンゾーがオジサンだからなのではないか、としか思えなかった。いいね獲得数の上位者には、おしゃれだったり若かったり、見た目がいい人が多い。ケンゾーのような腹の出たオジサンは一人もいないのだ。

そりゃ、多くのオジサンは見た目がよくない。イケオジ、などと言われるのはほんの一握り。普通の人間は若い頃からすでに十人並みの顔でしかないのに、そこから加齢に従って劣化の一途を辿る。見た目を維持するための時間的、経済的コストは年々上がっていって、その費用対効果《コスパ》も低下するばかりだ。多くの男はどこかで加齢に抗《あらが》うのを諦めざるを得なくなって、オジサン化を受け入れて楽になる。でも、その瞬間から、オジサン、と侮《あなど》られることになるわけだ。

思えば、ケンゾーがずっとゲームから離れられなかったのは、ゲームの中だけでしか自分を必要としてもらえないからかもしれない。現実世界では疎《うと》まれたり無視されたりするオジサンでも、ゲームの中なら世界を救う勇者であり、ヒロインと恋に落ちるヒーローでもあり、なんなら美少女であったり、全能の神であったりもする。現実世界の報われなさから離れたくてゲームをしているのに、ダンジェネは現実のヒエラルキーを突きつけてくるのが残酷だ。

もうやめるか、こんなクソゲー。

何度もそう思ったが、ここで諦めたら今後の人生すべてを否定される気がした。これは、オジサンの権利を守るための戦いだ。大会でコハルに勝ち、一言、すみませんでした、と詫びを入れさせてみせる。などと鼻息を荒らげてはみるが、残念ながらランクと同様、体もついてこない。

「もう少し体力をつけるといいんじゃないか」

筋トレ大好きっ子のエビケンが、肩で息をするケンゾーを見て笑いもせずにそう言った。確かに、後半でミスが出るのは、息が上がるせいもある。

「体力かあ。まあ、うん、そうだよな」

「筋肉量上げながら五キロ減量できれば、だいぶ違うと思う」

よかったら教えるけど、と、エビケンがまた大胸筋をぴくぴくさせる。まあ、辛《つら》くないなら、と、遠回しに遠慮した。あんな筋肉ダルマになるような人間のトレーニングが辛くないわけがない。

「次、俺やってくるわ。休んでろよ、ケンゾーは」

そう言いながら、りきっちょが筐体に向かった。どうも、収録曲の中にりきっちょの推しの声優アイドルの楽曲があるらしい。難度がそこそこ高くて、初心者には難しいよ、と一応伝えたのだが、りきっちょはなんの迷いもなくお目当ての楽曲を選んだ。案の定、しょっぱなからバッド判定を連発したが、本人は気にする様子もなく、全身を使ってアイドル曲を踊る。振りは無駄に完璧、そして結構な大声で歌もうたう。薄毛のオジサンが頼りない細さの髪の毛を振り乱しながらかわいらしいアイドルソングを完コピするさまは、友達であるケンゾーが見ても地獄としか言いようがない。

近くにいた大学生くらいのカップルも、ぎょっとした顔でちらちらと視線を向けていた。

セオリー無視のプレイに、それじゃダメだよ、などと、ケンゾーはちょこちょこダメ出しをしていたが、やがて不思議なことに気がついた。ミスが多いのでスコア自体は伸びていないが、ものすごい勢いで「いいね」の獲得数が伸びているのだ。ケンゾーの目には、りきっちょとコハルのプレイが重なって見えた。ゲームをクリアしようとしているのではなく、自分のダンスを見ろ、という強烈なアピール。悔しいかな、ケンゾーはりきっちょのプレイに惹《ひ》きつけられて、めちゃくちゃ笑っていた。エビケンとツトムも顔を真っ赤にしてお腹を抱えている。

スコアが振るわず最後まで踊り切ることはできなかったが、顔中汗まみれにしたりきっちょが、やり切った、と戻ってきた。うっすらした前髪が汗でデコに張りついてだいぶ見た目がヤバいが、笑顔だけは爽やかだ。

「りきっちょも、トレーニングすればもっとキレがでると思うよ。やらん？」

エビケンから誘いを受けたりきっちょは、ツトムに持ってもらっていたコーラをがぶ飲みしながら、首を傾げた。

「もっとキレキレで踊って動画上げたらさ、おもくそバズって、推しに認知されて、ワンチャン結婚とかあるかな？」

ねーよ、と、ケンゾーは即座に返答する。

8

「ちょっとケンちゃん、またドンドンしてうるさいんだけど」

ドアの向こうから、母親の声がする。ドアを開けることなく、なんでもねえよ、とややとがった受け答えをする。母親はなにやらぶつぶつと小言を言っていたが、やがて諦めて階段を下りていった。音が小さくなるのを待って、ケンゾーは、ぶは、と息を吐き、床に仰向けになった。スクワット、腕立て、腹筋、そしてプランクと、今日のノルマを消化。トレーニングメニューを考えてくれたのはエビケンだ。心なしか腹の肉が引っ込んだ気がするし、ダンジェネのステップが軽やかになった気もする。始めて半月は筋肉痛で心が折れそうになったが、エビケンが毎日電話をかけてくるので、途中で投げ出すこともできず、結果、三ヵ月も続いている。

以前、りきっちょのプレイを見て、ダンジェネで「いいね」を獲得するためには、魅《み》せるプレイが必要なんだとケンゾーは気づいた。確かに、腹の出たオジサンがにこりともせず黙々と足だけ動かしている様子を見て、いいね！　と思う人はそういないのだ。りきっちょやコハルのように、オーディエンスへの訴求力がないといけない。そのためには、プレイに必要ない上半身の振りも重要になるのだが、これが運動不足で体力のないオジサンにはきつい。最初は乗り気ではなかったが、少しでも動けるようにとエビケンに筋トレ指導をしてもらうことにした。食事制限をしながらの筋トレは苦行でしかないのだが、トレーニングだ、ダイエットだ、ととらえずに、ゲームの攻略のためだと思えばなんとか頑張れるのが、自分でも不思議だ。

少しずつ上半身の振りをつけて体の動きを大きくしながらダンジェネをプレイしていると、だんだん「いいね」が集まるようになってじわじわとランクが上がり、大会出場資格を得られる五百位以内にも入ることができた。「いいね」が集まっているということは、それだけ多くの人から見られているということだ。そう思うと、自分の服装だとか髪型が気になった。プレイ動画に「服ダッサ」「オジサン丸出し」という中傷コメントがちょいちょいつくのも、精神的ダメージが大きい。そこで、見た目など二の次だった量販型格安ファッションを改めるべく、ケンゾーはいつもこじゃれた服を着ているツトムに相談することにしたのだった。

ツトムの話によると、ツトムの服を選んでいるのは別れた元奥さんと一緒に住んでいる娘で、月一の面会の時に一緒に歩くのが恥ずかしくないように、という理由で服を選んでくれているのだそうだ。高校一年の娘と仲いいなんてうらやましいなおい、と思ったが、ツトムが父親になった二十代の頃、ケンゾーは結婚など考えもせずゲームに明け暮れていたのだから、後悔先に立たずだ。自分の人生に娘に服を選んでもらえる世界線があったのだろうか、と、遠い目を空に向けたくなる。

ダメもとでツトムの娘に服を選んでもらえないかと聞くと、意外なことにＯＫをもらうことができた。もしかしたら、渋谷でケンゾーを騙したお詫びに、ツトムが頭を下げてくれたのかもしれない。ツトムの娘は、ケンゾーと会うなり「これは重症だわ」とため息をつき、丸一日ケンゾーを連れ回して、上から下まで全部コーディネートしてくれた。かかった費用は十三万円。服に十万円以上かけるなんて、今までは考えられないことだった。牛丼並盛なら二百五十杯以上食えるのに。

でも、新しい服を着て髪型を整え、鏡の前に立ってみると、ちょっと気分が変わった。伊達《だて》メガネを掛けてハットまでかぶると、オジサンではあるが、オジサンなりにまあまあイケているように見えた。この格好ならダサイとは言われないかも、と思えると、少し胸を張れたし、背筋が伸びた。こういう感覚を、何年くらい前から忘れていたのだろう。

「あら、あんたまたどっか行くの？」

「ああ、うんまあ。ちょっと」

風呂で汗を流すと、ケンゾーはツトムの娘に選んでもらった一張羅《いっちょうら》に身を包み、家を出ようとした。行き先は渋谷のゲーセン。今日は、ダンジェネ大会関東予選当日、つまり決戦の日だ。リビングから顔だけ出して玄関を覗き込んだ母親は、にやっと笑って、へえ、とうなずいた。

「まぁた、かわいいカッコしちゃって」

「やめろよ、かわいいとか。気持ち悪《わり》ぃな」

気持ち悪ぃ、と言いつつも、褒められたら嫌な気はしない。

「もしかして、デート？」

「残念ながら、そんなんじゃない」

悲しいことに、オジサンになると、褒められたり、肯定されたりする機会が極端に少なくなっていく。これだけ多様性が叫ばれる世の中になってきたにもかかわらず、なぜかオジサンだけはデブだハゲだ弱者だとバカにされても誰もかばってくれない。たまに褒めてくれるのは両親くらいで、「やっぱり実家住まいのオジサンて素晴らしいですよね」なんて言ってくれる人はこの世に存在しない。

自分に好意を持たない相手と付き合いを持ったところで不快な思いしかしないだろうし、できる限り嫌な思いをしないようにすると、自然と人と接する機会が減り、実家の自分の部屋が安息の地になっていく。数少ない友達も似たようなオジサンだし、恋人もいないし、ろくに外にも出ないから仕事着以外の服装なんてどうでもよくなって、サイズが少し大きくて安ければいい、という価値観になる。そういう「どうでもいい」がいくつも重なった結果、誰かに配慮するとか、自分が周りからどう見えているのかとか、そういう感覚がマヒしていって、空気の読めないオジサン、になってしまうのかもしれない。

――あんたのプレイはきらい。

冷たい表情で、そう言い放ったコハルを思い出す。他人を捻じ伏せるようなプレイをしていたということは、まあ、そうだったかもしれないな、とは思うが、オジサンだからどうこうと言われたことに対しては一切納得していない。っしゃ、と少し気合を入れて、ケンゾーは少し慣らした新しい靴を履き、玄関から外に出た。

9

土曜の夜九時過ぎ、渋谷の某ゲーセンは妙な熱気に包まれていた。大会会場と言うにはいささか狭苦しいゲーセン内の一角に、ギャラリーが五十人ほど。ダンジェネ大会関東予選には、ケンゾーの他に十二人の出場者が集まった。対戦はトーナメント方式、現ランキングを元に一回戦免除のシード選手が三名。案の定エントリーしてきたコハルはランキングトップで第一シード。二回戦からの登場で安定の勝利を重ね、あっさり決勝進出を決めた。全参加者中、ランキングが下から三番目だったケンゾーは初戦から上位ランカーとの接戦を制し、そのまま破竹の三連勝。なんとか決勝まで残ることができた。

コハルに惨敗を喫してから、ケンゾーはこの日のためにあらゆることをやってきた。自分でも信じられないのは、ケンゾーが缶を蹴り当ててしまった例のダンサーたちにダンスを習いに行ったことだ。元ダンサーだというコハルの領域に達するには、今までのように一人でひたすらゲームをやりこむだけでは無理だった。ケンゾーがダンジェネのためにダンスのことを知りたい、と言うと、ノリノリで基本的なダンスのステップや、体の動かし方を教えてくれた。中でも一番はっとしたのは、「オジサンであることは武器」というアドバイスだった。コハルのように、露出の多いセクシーな若い女性ダンサーは目立つが、結構あちこちにいるので既視感がある。それなら、腹の出たオジサンがキレキレのプレイを披露するほうがインパクトがある、と言うのだ。

オジサンになっていくということは、あらゆるものを失うことだと思っていた。若さ、体力、存在価値、髪の毛。オジサンがダンスゲームをする姿はダサいかもしれないし、みっともないかもしれない。でも、オジサンというキャラクターを使いこなせれば、それがコハルに勝つための唯一無二の武器になる。

「ケンゾー、負けたら罰ゲームだからな」

「罰ゲーム？」

渋谷でフリーハグ九十分、と、応援に来ていたりきっちょが笑った。時間延びてるし、と、ケンゾーは頰を引きつらせる。司会の人が、決勝戦の準備をするようアナウンスする。ツトムがケンゾーの服装の乱れを直しつつ汗を拭いてくれて、エビケンが疲労回復にいいという特製激マズドリンクを飲ませてくれた。りきっちょは何もせずヘラヘラしているだけだが、「俺はまだここまでイタいオジサンじゃねえな」という自信を与えてくれるので、まあ来てくれてよかったな、と思う。男はオジサンと呼ばれる歳になると友達付き合いが減って孤独になる人が多いらしいが、たまにムカつくことはありつつも、友達と呼べる人が近くにいる自分はまだ恵まれているな、と、ケンゾーは思った。種類の違うオジサン三人と、それぞれがっちりとハグを交わす。子供の頃から三十年付き合っていてそんなことをしたのは初めてだ。たとえ、ハグの相手が同い歳のオジサンであっても、体温やにおいを感じるくらいのゼロ距離に近づいて、両手で背中をぱんぱん叩かれると、なんだか、やってやろう、という勇気が出た。

「っしゃ、軽く優勝してくんぜ」

「出たよ、ケンゾーのクサ熱いセリフ」

三試合戦い抜いた後の心地よい興奮と、自分を見ているギャラリーの視線。渋谷で、両手を広げても道端の空き缶のように無視されたあの日とは、ずいぶん違う。実家の自分の部屋に閉じこもっているだけでは、誰も見向きもしてくれないのは当たり前のことだ。それで満足なら居心地のいい子供部屋にずっといることも悪いことじゃないが、自分はここにいるぞ、と存在を誰かに認めてもらうには、自分から社会に向かって手を広げなければならない。誰かと繋がるには努力も必要で、若い頃はかろうじてそういう努力をしていた気がする。でも、オジサンになるにつれ、そういう小さな努力を「どうでもいい」と自ら手放してしまった。自分を見ている人がいる、と意識してプレイすれば、オジサンにも、いいねをくれる人がいるし、拍手をくれる人もいる。

「もうここに来ないでって言ったじゃん」

「しょうがねえだろ、大会の会場なんだから」

髪の毛を結び直しながら、隣のステージに立ったコハルがちらりとケンゾーを見た。えらい敵意のこもった目だな、と、ケンゾーは苦笑する。音響のセッティングに少し時間がかかるらしく、対戦前にステージ上でコハルと並ぶ時間ができて気まずい。

「なんでさ、オジサンのくせにこんなにゲームばっかやってるわけ？」

「なんでオジサンがゲームやっちゃだめなんだよ」

「そんくらいの歳になったら、結婚して子供くらいいるじゃん、フツー」

「いねえからいいんだよ。それに、いまやそういうのは普通じゃねえんだよ」

「いい歳こいてゲームばっかやってるからでしょ」

「じゃあ、お前はなんなんだよ」

「お前、とかオジサンに言われたくないんだけど」

「俺だってオジサンとか言われたくねえよ。ケンゾーって名前があんだよ」

コハルは少し言葉を詰まらせると、ちっ、と舌打ちをした。

「あたしがダンジェネやってんのは、オジサンのせい」

「は？　俺？」

「違う。職場の老害ども。既婚者のくせに下心丸出しで飲みに誘ってくるセクハラオヤジとか、女だってナメくさって、いちいちうるせえパワハラ上司とか」

「知らねえよ、俺は」

「金ないからたまに夜職《よるしょく》もやってるけど、そこでもセクハラパワハラオヤジだらけ。いちいち金持ってるアピールのイタいやつ、説教しかしないクソ。でも、結局そいつら考えてること同じで、ただ若い女とセックスしたいってだけ。生物として醜悪」

「醜悪」

「そういう、オジサンに囲まれて生きてるストレスをせっかくここで晴らしてるのに、こんなとこにまでオジサンに踏み込まれたら、マジで病みそうなんだけど」

ケンゾーは、ふん、と鼻から息を吐いた。

「まあ、そういうオジサン、いるわな」

それはうちの職場にもいるわ、と、ケンゾーは苦笑した。男女問わずなんだろうが、歳をとると、人間はやっぱりいろいろなものを失って、生物としては弱く、孤独になっていく。だから、仕事の上下関係とか、金とか、権力とか、ヤッた女の数とか、そういうものに執着するようになるんだろう。生物として脆弱《ぜいじゃく》だから、弱さを隠すために自分の力を必要以上に誇示しようとするわけだ。

確かに醜悪だわ、と思う反面、悲しい現実だよな、とも思う。

コハルが、意外、という顔でケンゾーを見た。反発とか反論でもされると思っていたのだろうか。世の中にはどうしようもねえオジサンもいるし、ケンゾーも、フリーハグなんぞやっていなければ、いずれそうなっていたかもしれない。でも、今はちょっと違う。自分から、社会に向かって両手を広げようとしているつもりだ。

「気持ちはわかるけど、オジサンって一括《ひとくく》りにするんじゃねえよ」

「だって、全部オジサンじゃん」

「少なくとも、俺はパワハラもセクハラもしてねえから。主語がでけえんだって。オジサンって雑に括るから、中年の男が全部敵に見えるんだろ」

「いや、総じてクサいしダサいし」

「今日はオシャレしてきたつもりだし、さっきトイレで汗拭いてスプレーしてきたからクサくもねえだろ……、たぶん」

コハルは、にやりと口元をゆるめると、ま、確かに。と、軽くうなずいた。会話をぶった切るように、司会のアナウンスが準備完了を告げる。ダンジェネにクレジットが加算されて、いよいよ決勝が始まる。選曲は、ランダムモード任せだ。全楽曲がぐるぐる回って、コンピュータが選曲する。

「こうなる運命、ってやつか」

思わずまた「クサ熱い」セリフが口を突いて出たのは、選曲されたのが最難関曲『Witness me!』だったからだ。心の整理をする間もなく、レッツダンス！　という合図が響いてプレイが始まる。しょっぱなから怒濤の高速ステップ。でも、もう譜面を見なくても足の位置はわかる。できる限り動きを大きく、楽しそうに。こんなの余裕、という顔を作って乗りきる。魅せることに意識が行きすぎて多少タイミングがずれた部分もあるが、それでもパーフェクトに近いプレイでセクション1を終える。どうだ、と言わんばかりにくるりとターンすると、ケンゾー！　というりきっちょの甲高い声が聞こえた。

ああ、キモチイな、これ。

コンサートを開いて何万人も観客を集めるようなアーティストと比較したら、ダンジェネ筐体の小さなステージなど取るに足らないものかもしれない。大人になっても子供部屋から卒業できないケンゾーの人生は、天からスポットライトで照らされている選ばれし者の人生とはくらぶべくもない、平凡で無価値なものかもしれない。でも、ここでは人の視線が、熱気が、背中に届く。自分の部屋で、どこの誰かもわからない対戦相手に向かって悪態をついているのとはずいぶん違った。生きているって感じがするし、まだまだこれからって感じもする。

俺を見ろ、俺を見ろ、俺を見ろ！

ケンゾーが変則リズムの難所に入ると、今までで一番大きな盛り上がりになった。なんだ？　と、ステップに合わせて体を横向きにすると、まったく同じ動きをしているコハルの背中が目の前にあった。もちろん、打ち合わせていたわけじゃない。きっと、このパートを上手く乗り切るには、こういうダンスの動きを取り入れるのがやりやすい、というのが一致しただけだろう。それでも、二人で同じ動きをしていると、妙な連帯感が生まれる気がする。心なしか、コハルがケンゾーに向ける敵意が和らいだ気がした。

そのまま、ラストのサビへ。コハルがくるりとターンして、ケンゾーと向かい合わせになった。ケンゾーが挑発の意味を込めて舌を出しながら両手で腹をたぷたぷ揺らすと、ずっと不機嫌そうな顔をしていたコハルが、思い切り噴き出して笑った。

曲が終わる。二人とも脱落することなく完走した。ポイント的には接戦だが、手ごたえがある。五十人の拍手と歓声を浴びながら、ケンゾーは、勝ったぞ、と両腕を突き上げた。

10

寒《さみ》ぃな、クソが。思わず、口から悪態がこぼれる。九十分は長《なげ》ぇんだよ、と思いながら、ケンゾーは相変わらず両手を広げていた。アイマスクで視界は真っ暗だが、目の前では渋谷の街が動いている音がする。雑踏、人の声、車の音、大型ビジョンの宣伝。

結局、ダンジジェネ大会で、ケンゾーはコハルに負けた。僅差《きんさ》ではあったが、負けは負けだし、二連敗である。勝ったと思ったんだけどなあ、と腑《ふ》に落ちない部分はあるが、スコアとして出たものに文句もつけられない。でも、あんだけ頑張ったんだし、ケンゾーよくやったよ、とイツメンたちに称《たた》えてもらえると思ったのだが、りきっちょはにやにやしながら、「フリーハグな」と肩を叩いてきた。りきっちょが一度言い出したらもう何を言ってもだめで、やらなきゃやらないでやるまでしつこく言われ続けるので、ケンゾーは諦めて再び渋谷駅前に立っている。

ここのところ、結構服装にも気を遣うようになったし、四キロ痩せたし、ダンジェネ界隈では知名度も上がったし、前回みたいに誰一人見向きもしないってことはないんじゃないか、などと考えていたのだが、その考えは甘かったと思い知らされている。今日もまた、腕を広げどもハグしに来る人は皆無だ。やっぱオジサンはだめなのかよ、今日はクサくねえと思うんだよなあ、下心もねえんだよ、だから誰か来いよ、一人ぐらいさ、なあ。そんな思いを込めて、ケンゾーはぐっと両腕を広げる。きっと、どこかで見ているりきっちょは爆笑しているだろう。

まあ、しょうがねえか。

オジサンだしな、俺。

もう、多くを求めてもいいことねえんだろうな。などと悟りの境地に行きかけていると、誰かが目の前に立った気配がした。またこのパターンか、と、ため息が出そうになる。たぶん一時間くらい誰も来ていないし、りきっちょがツトムに、行ってきてやれ、武士の情けよ、とでも言ったのだろう。あるいは、今日はエビケンの番かもしれない。エビケンなら、ハグした瞬間にわかるだろう。大胸筋カッチカチだし。

そう思っていると、ふいに、目の前の誰かが腕の間にするりと滑りこんできて、ケンゾーの背中に手を回した。ぽんぽん、と二回。余韻を残して、するりと腕の間からすり抜けていく。あまりにも一瞬の出来事で、ケンゾーは腕を閉じてハグするのを忘れていた。もう目の前からいなくなってしまった誰かの体温を感じようと、腕を閉じる。ただ虚空をかいただけだったが、ケンゾーの胸の辺りがふわりと温かくなった。

以前感じたことのある、甘い、匂い。

——ったく、あいつ。

なんか今日は、生きてるって感じがするし、まだやれるって感じがする。いつか、わらわらとたくさんの人にハグされるようになれたら、りきっちょの鼻を明かしてやれるかもしれないけれど、それはまあ高望みだろう。今日はあれだ、もう一人くらい来いや、もう一人だけ。そう思いながら、ケンゾーはダンジェネのステップを踏んで自分の存在をアピールしつつ、両腕を世界に向かって広げた。

屋上からは跳ぶしかない

1

正午のチャイムが鳴る。もうそんな時間か、とパソコンから目を離し、池田久美《いけだくみ》はド近眼用の眼鏡を置き、疲れ切った眼球を指で揉《も》んだ。女子も三十を過ぎると、午前中の仕事だけで腰やら肩やらがぎしぎしと悲鳴を上げるようになる。大きく首を回すと、思わず、あああがが、と、変な声が漏れた。

歳はさほど変わらないはずなのに、久美に比べてはるかに元気な女性社員たちが数名、きゃいきゃいと笑いながらドアの外へ消えていった。彼女たちは、正午から午後一時までの一時間を何よりも重視している。毎日十二時きっかりに席を立ち、どんな繁忙期であってもきっちりと昼休憩の権利を行使する。都心の雑居ビル群の真っただ中にある古くて狭苦しいオフィスは、環境としてはよいものでは決してないが、繁華街のほど近くにあるおかげでランチには困らないらしい。有名店から知る人ぞ知る名店まで、グルメガイドブックに載るような店が軒を連ねていて、彼女たちは、安くておいしいランチを日々追い求めている。

もちろん、久美は誘われない。

もう五年前の話になるが、この職場に派遣されてきた初日、久美は弁当を持っていった。それが当たり前だと思っていたからだ。久美の以前の職場はほぼ全員が弁当持参で、定年前のおじさんたちに囲まれながら和気あいあいと弁当を広げるのがいつものランチタイムだった。けれど、この職場のお作法は違った。女性社員はみんなで外に食べに行く、という暗黙のルールが存在していたのだ。久美がお弁当を出すのを見て、彼女たちは明らかに一歩後ろに引いた。そもそも、他の女性はみな正社員で、派遣は久美だけということもあるが、「派遣さんは弁当派」と、おぼろげながらもはっきりとした線を引かれた気がする。たかだか昼食をどうするかというだけで、久美は彼女たちとは別の世界の住人と認識されることになったようだった。

「あれ、クミちゃん、どこか行くの?」

「いや、あの、ちょっと気分転換に」

曲げわっぱの弁当箱の入った巾着袋を持って席を立つと、ろくに仕事のない部長が、出番だとばかりに話しかけてきた。何かのセンサーでも搭載しているのか、社員がちょっと目につく動きをすると、すぐに言葉をかけてくる。どこに? と聞かれたので、屋上へ、と答えると、部長はぽかんとして、屋上? と首をかしげた。

「このビル、屋上なんて行けるのか」

「行けるらしいんですよ」

朝、出社してみると、出入口の掲示板に「今月いっぱいで屋上を閉鎖する」との張り紙がしてあった。そもそも、屋上という場所は自殺や転落防止のために閉鎖されていてしかるべきだと久美は思っていたのだが、このビルはどうやら今までずっと開放されていたらしい。久美は五年も通勤したのに知らなかったし、課長時代から十年以上ここにいる部長が知らないのだから、他に知っている人はほとんどいないかもしれない。

だが、なくなるとわかると行ってみたくなるのが人の心理というもので、久美は今日、昼休みに屋上で昼食をとろうと心に決めていた。外は天気もいいし風も涼しいし、案外気持ちいいかもしれない。薄暗い自席で黙々と弁当を食べるよりは随分ましなはずだ、と期待が高まる。

2

部長のエンドレストークを振り切り、オフィスを出て細い廊下を歩くと、突き当たりにエレベーターが見えてくる。上向きの正三角形を押して昇降する箱を召喚しようとしたが、昼時は外に出る人たちで混雑するので、なかなか上がって来ない。すぐ横には非常階段もあるのだが、あえて見ないふりをした。四階から十二階まで階段なんかで上ったら、午後分の体力が空になってしまう。

ようやく「4」の表示が光って、ドアが開く。中に誰もいないことにほっとしながら滑り込み、右手にあるボタンに人差し指を這わせた。子供でも読める正の整数が並ぶ中、異彩を放つアルファベットがある。「R」だ。それが何を意味しているのか、久美は知らなかった、もしくは知りたいと興味を持つことすらなかった。ただ、「R」を押せば屋上に行くということは、大人になる過程でいつの間にか学習していた。久美が迷わず「R」を押すと、エレベーターは他の階に停まることなく、ほんの少し重力で久美の頭を押さえつけた後、ちん、という間の抜けた音とともにドアを開けた。ドアが開いたら出る、という惰性《だせい》に従ってエレベーターから降りると、目の前には別世界が広がっていた。かろうじて雨避け程度にはなる構造物はあるが、エレベーターの目の前のガラス戸を開ければ、そこはもう開けた屋外である。久美が平日の昼間の空気に触れたのはいつ以来だろう。

雑踏が聞こえる。太陽の光が体の輪郭をなぞる。

「なんてこった」

屋上に立って数歩、久美は、思わず声を出した。何もない、コンクリートだけの殺風景な場所だと思っていた屋上には、それなりに広い広場のような空間と、プラスチック製の真っ白なテーブルセットとベンチがあって、数人で弁当を食べるくらいはできるようになっていた。どうやら、いつの頃までかわからないが、以前はビル利用者の憩いの場としてささやかながら機能していたようだ。

久美は小躍りしながら、白い椅子の座り心地を確かめた。雨ざらしで、お世辞にもきれいとは言えない椅子だが、ハンカチでも敷いておけばとりあえずは問題ないだろう。テーブルは若干のがたつきがあるものの、弁当箱を置いて食べることくらいは問題なくできそうだ。いくつかの問題点を補って余りあるほど、そこは完璧なスペースだった。

久美は周囲に誰もいないことを確認しながら椅子に座り、テーブルに置いた弁当箱を開いて箸を取った。本日の主菜は、一昨日の夜に作ったイカと里芋の煮物の残りだ。オープンエアで食べるなら、もう少し気合を入れて、玉子焼きやらトマトやら、原色系のおかずを持ってくるべきだったと後悔した。むしろ、普段はまず作らない、映《ば》える系のサンドイッチでも作ったほうがよかったかもしれない。それはあれだ、明日作ってこよう、と、久美は興奮気味にイカを一つ、口に放り込んだ。

久美が煮崩れ寸前の里芋を箸でつまみ上げようと格闘していると、後ろで、ちん、と音がした。誰か来たのか、と思って振り向くと、スーツ姿の男性が一人、驚いたような顔を久美に向けながら屋上スペースに立ち入ってきた。雑居ビルだから、別フロアには知らない会社の社員がいる。普段、エレベーターで一緒になるだけでも気まずいのに、昼休みに屋上で鉢合わせともなると、気まずさは倍増だ。新参者のくせに「早く出て行くといいのに」などと不遜なことを考えてしまう。

視線が交わらないように気をつけながら、横目で男を観察する。見た感じはずいぶん若い。新卒か、二年目くらいか、少なくとも久美よりはずいぶん年下だろうと思われた。頭の中であっても、男、とぶっきらぼうに呼称するのもアレなので、久美は彼を「スーツ君」と呼ぶことにした。本来、人間が着るべきはずのスーツに、思いきり着られている感じがおかしかったからだ。まるで、就活中の大学生のように、全身から若造感が漂っている。

スーツ君は久美をちらちら見ながら屋上の縁に進み、手に持っていた缶のコーヒーを開栓して、中身を口に含んだ。二口目はさらにぐっと缶の角度をあげて喉を鳴らし、三口目には缶がひっくり返るほど首を反らして、あっという間にコーヒーを飲み終えた。こん、と軽い音をさせて足元に缶を置くと、ワイシャツの胸ポケットから煙草《たばこ》を取り出し、慣れた動きで火を点《つ》けた。

スーツ君は煙草を吸いながら、時折ビルから頭を突き出して下を見下ろしていた。ビルの縁に腰をかけた状態で下を眺め、すぐさま上体を起こして首を振り、一服する。落ち着いたかと思うと、また顔を出して見下ろし、無理無理、というように首を振りながら元に戻る。ぴょこん、ぴょこん、と、リズムに乗って屋上から頭を出し、時には上半身が出るくらいまで身を乗り出す。そのまま滑り落ちていくのではないかと、久美のほうが気が気でなくなる。恐ろしいことに、屋上の外周には転落防止用の柵などという気の利いた安全設備などなく、大人の膝くらいの高さの段差があるだけだ。ちょんと飛べば、あっという間に十二階建てのビルから、コンクリートの路地にダイブすることができてしまう。これも、屋上が閉鎖される理由の一つなのだろう。

「あの、なにしてるんですか？」

人見知りの久美が知らない人に声をかけるなど本来あり得ないことだったが、スーツ君が目の前であまりにも危険な行動を繰り返すので、恐怖半分、イラつき半分でつい声をかけてしまった。このまま転落死でもされたらたまったものではない。今日のランチが最悪の時間になるし、その最悪の記憶は一生残ることになるだろう。

「え、あ」

「いや、別にいいんですけど、ちょっと気になって」

スーツ君は顔を真っ赤にしながら、屋上をきょろきょろと見回し、久美が誰に話しかけているのかを確かめていた。いや君しかいないでしょ、と、久美はスーツ君の目を真っすぐに見る。

「なんか、どうしてもここ来ると下見ちゃうんすよね」

「そうなんですか。癖とか習性みたいなものですか」

「落ちたら死にますかね、ここから」

久美はイカを頬張りながら、飲み込むまでの十秒ほど、うん？　と考えた。

「そりゃ、よほどの奇跡でもなければ死にますよね」

「あ、まあ、そうなんすけど。あれっすよ？　オレだって、落ちたら死ぬ、ってのはわかってるんすよ、一応ね。でも、なんか、このままここにいてもそのうち死ぬんじゃねえかな、って思ったりなんだり」

久美は、よくわからないまま「スーツ君は変な人」と決め、変な人としゃべるモードに切り替えることにした。脳に入ってきた言葉をなるべく聞き流し、深く考えるのはやめる。よく見られようとか、丁寧に接しよう、という考えをオフにしてしまえば、肩肘の力が抜けて、驚くほど自然に言葉が出る。

「そう簡単に死なないよ」

「そっすかねえ」

スーツ君は吸い殻をコーヒー缶に押し込み、また下を見た。

「屋上には、よく来るの？」

「ほぼ、毎日。今日は人がいてびっくりしたっすけどね」

「いつもはいない？」

「いないっすよ。少なくとも、オレが来るようになってからは」

スーツ君はなぜか得意そうに笑った。巷《ちまた》で言うドヤ顔とはこれか、と思うほどのドヤ加減だ。

「でもさ、いいよね、ここ」

ただの屋上っすよ、と、スーツ君はさも自分の家であるかのように謙遜する。久美は少し悔しくなって、「いやいいよここ」「素敵すぎる」などと反論を試みたが、スーツ君の言う通り、普通の人から見れば、ここは殺風景な雑居ビルの屋上に過ぎない。貯水タンクだのエアコンの室外機だのがごちゃごちゃと並んでいるだけだし、見える景色はビルの波。面白いものは何もない。こんなところでうきうきするほうが、精神状態に難ありなのかもしれない。

「食べないの？」

「は？」

お昼、と言うように、久美は半分空になった自分の弁当箱を指さした。スーツ君は、ああ、と微笑《ほほえ》むと、もう食べましたとばかり、コーヒー缶を振って見せた。

「コーヒーだけ？」

「あとタバコっす。これが主食」

煙草の煙にカロリーはないよ、と久美は苦言を呈する。

「ちゃんと食べないと、死んじゃうよ」

「いやあ、昼に固形物を食うのはなかなかハードル高いすよ」

高くねえわ、と胸の内で切れ味鋭くツッコミを入れながら、久美は冷凍食品のシュウマイを口に放りこんだ。久美はむしろ、昼に固形物を口にしないとイライラしてどうしようもなくなるのだが。

「いそがしいんだ、仕事」

「いそがしいんすよねえ、仕事」

「大変だねえ」

「大変なんすよねえ」

「残業も多いの？」

「まあ、電車が動いてる時間にはまず帰れないっすね」

「え、うそ、毎日タクシー？」

まさか、とスーツ君は笑うが、力のない笑顔だった。

「原チャリっす」

「残業代えらいことになるんじゃないの？」

「ならないっすよ。一切出ないすもん」

「なにそれ、超絶ブラック企業じゃない？」

「やめてくださいよ」

スーツ君が「死にたくなるんで」と、すぐにでも死ねる場所で言うので、久美はそれ以上詮索するのをやめることにした。

「お姉さんは、ぼっち飯すか」

「違うから」

スーツ君は、白いプラスチックの貧相なテーブルセットで独りランチ中の久美を上から下までざらっと見つつ、薄い笑みを浮かべて逆襲してきた。否定するにしても、ちょっと反応が早すぎたと後悔する。なんだか、ムキになって言い返しているような図式になってしまった。

「違うんすか」

「職場の女子で、弁当派が私だけなの」

「それをぼっち飯って言うんじゃないすかね」

「断じて違う」

「みんなと一緒に外に食いに行けばいいじゃないすか」

「いやだよ、ランチごときに二千円も出すの」

スーツ君は、何のためらいもなく、ああケチなんすか、と笑った。どうせなら、堅実、と言ってもらいたい。女も三十過ぎると、一生一人で生きていくかもしれない、という悲壮な覚悟をしなければならないのだ。

「でも、残念だよね」

「残念?」

「今月いっぱいで、ここ入れなくなっちゃうんでしょ？」

久美が無理矢理話を変えると、スーツ君は、え！　と素っ頓狂な声をあげた。まるでマンガのように、煙草がぽろり、と口から落ちた。

「マジっすか？　誰情報ですか」

久美はズボンのポケットに忍ばせていた紙切れを引っ張り出し、丁寧に広げた。今朝、ビルの出入口の掲示板に貼られていたものだ。味のある書体で、飾り気なく数行のメッセージが書いてある。

長らく皆様に憩いの場としてご愛顧いただきました屋上スペースですが、
今月末をもちまして、閉鎖させていただきます。

張り紙は、何卒ご了承くださいかしこ、といった具合でシンプルに結ばれていた。久美が張り紙を差し出すと、スーツ君は恐る恐る手に取り、何度も読み直しては、ヤバい、とつぶやいていた。

「マジだ」

「やっぱ、仕事で行き詰まった人が飛び降りたりしたら大変だからかね」

柵も何もない屋上じゃ、危険だと言われてもしょうがない。我が国は、死ぬのは自己責任だ、では済まない国なのだ。何かあったらビル側の管理責任が問われることになる。

「そもそも、なんでこんなもん持ってんすか」

「剝がしてきたから」

朝、掲示板に張り出されていたこの張り紙を見て、久美は自然と「へえ、じゃあ屋上に行ってみようかな」と考えた。久美がそう思うのだから、他にもそう思う人がいるに違いない。でも、人がわんさかくる屋上など興ざめだ。だから、久美は張り紙を引っぺがすことにした。一応、自分のエゴのために申し訳ないことをしたとは思っている。

「さらっと言いましたけど、大丈夫すか、そんなことして」

「いい場所なのになあ、ここ」

久美はスーツ君の言葉を意図的に聞き流して、うんと伸びをした。普段はエアコンの風しか受けていないから、自然の風が気持ちいい。せっかく、毎日のランチタイムを潤してくれそうな素晴らしい場所を見つけたのに、あと何日もしないうちに閉鎖されてしまうとは残念でならなかった。

「お姉さん、お名前は？」

「池田です」

「下は？」

久美です、と流れで答えたが、なぜか耳まで熱くなるのを感じた。よくよく考えれば、別に下の名前まで答える必要もなかった。年下の若い男子とはいえ、男性に下の名前を呼ばれるのは妙にドキドキする。

「クミさん、ここ、跳べると思います？」

「跳ぶ？」

スーツ君は、ビルの縁に仁王立ちし、真っすぐ前方を指さした。スーツ君の先には、向かいのビルが見える。座っていると距離感がよくわからないので、よっこいしょとばかり腰を上げ、スーツ君の隣に立ってみた。下は、車一台がやっと通れそうな細い路地だ。十二階建てビルの屋上から地上までは、血の気が引くほどの高さがある。下を見ていると、吸い込まれそうな気がして、久美は思わず一歩下がった。

隣のビルも、ここと同じように柵がない。高さは、ほんのちょっとだけこちらのほうが高いように見えるが、ほぼ同じくらいだ。

「こっから、あっちのビルまで」

「いや、無理でしょ」

落ちたら死ぬんだよ、と、久美は半笑いで首を振った。スーツ君は、真っ青な顔をしているくせに、ビルの縁から動かない。

「跳んで落ちたら死ぬだろうけど、跳ばなきゃ跳ばないで死ぬと思うんすよね」

「なんでよ。意味がわからないよ、その論理」

「いろいろ探したんすけど、ここしかないんすよ、逃げ道は」

3

スーツ君との奇妙な出会いから数日経ったが、久美の日常は相変わらず同じことの繰り返しだった。屋上という非日常のワンダーランドに行けるのは昼の一時間だけで、あとは、一日のすべてが昨日のコピーのようにまったく同じだ。一昨日も同じだったし、先週もほぼ同じだった。五年前から毎日、判で押したような生活が続いている。記憶に残るような出来事が一個もないのに、気がつくと時間だけがすさまじいスピードで過ぎ去っていて、カレンダーをめくる手が震えるほどだ。

どうしてここにいるんだろう。半分だけ違う次元にはみ出してしまったような感覚の中、久美はキーボードの音だけが聞こえるオフィスを見渡す。オフィスと言っても、元々はマンションとして建てられた建物のワンフロアをオフィスとして使っているだけなので、そこかしこに妙な生活感が漂っている。トイレは狭いし、給湯室のお湯の出は悪いし、全体的に古い。学生時代に思い描いていた都会のオフィスとは、ずいぶん趣が違った。

久美が都内に住み始めたのは、大学の頃からだ。中学の頃は陸上部で、三年間部活に明け暮れたが、おかげで受験勉強は後回しになってしまい、高校は地元でも中の中という偏差値のところに落ち着いた。中学で燃え尽きたのか、高校ではずっと帰宅部で、大学受験は久美の高校からは相応レベルの都内の大学になんとか引っかかった。以来、地元には帰らず、ずっと東京で生活している。

大学では、人並みの大学生活を送ったと思う。入学早々、先輩に強引に誘われるまま飲み会くらいしかやることのないチャラいサークルに入り、友達と遊ぶお金を作るためにチェーンのレストランのホールのバイトをした。大学三年の時に彼氏ができて、夏に旅行に行ったり、クリスマスを一緒に過ごしたりもした。量産型大学生として生きるのも、それほど悪い感じはしなかった。

久美の人生の歯車が大きく狂ったのは、就職活動が始まってからだ。百社近くエントリーしたにもかかわらず、久美はことごとく落とされた。選《よ》り好みをしなければ一社くらいは採用してもらえるだろうと思っていたから、四年の夏休みを終えて内定ゼロの結果は衝撃的だった。原因は、おそらく、久美の性格のせいだろう。初対面の人の前、特にシリアスな場面ではいつも緊張して、上手くしゃべれなくなる。自分のいいところとか、アピールすべきポイントや経歴もあったけれど、それを伝えることができなかったのだ。

就職に失敗し、すれ違いが増えて彼氏とも別れ、生活のために派遣社員として働きはじめた。派遣としてキャリアを積みながら、いずれ転職して正社員として働こうと思っていたのだが、よくなかったのは、派遣社員として得る収入は、生活に困るほど低いわけではない、ということだった。仕事はそれほどキツくはなく、ほぼ定時に上がれて、収入はそれなりになる。都内であれば働き口も結構あって、地元に比べれば時給もはるかに高いので、大卒初任給くらいは簡単に稼げてしまう。普通に生活ができると、そこから資格の勉強などして転職を、という気がなかなか起こらず後回しにしているうちに、気がつくと、いくつかの職場を回りながら十年が経っていた。

転職して正社員として働きたくても、三十過ぎで資格やキャリアといった武器がない女性を採用しようという会社はまずない。結婚しようにも、人づきあいのわずらわしさが苦手で、職場と家の往復で毎日が終わり、週末も家でゴロゴロしながら動画を観漁《みあさ》るような生活では出会いも訪れなかった。

目の前の受け入れがたい現実から目を背けて、小さな安寧を求め続けた結果が今だ。

一流企業ではなくとも、それなりに安定した企業で正社員として働き、三十歳になるくらいまでにはいい人を見つけて結婚、出産して子育てをし、という、大学時代に思い描いていた「なんだかんだ言ってまあそうなるんだろうな」という漠然としたライフプランは完全に崩壊した。ごく普通だと思っていた自分の両親の生活が当たり前に手に入るものではないのだと痛感した時には、もう人生をやり直せなくなっていた。

時間にころころ転がされるまま生きているうちに久美が辿り着いたのは、都会の片隅にある古い雑居ビルの四階の一室という、存在していることすら誰も知らないような小さな世界だった。その狭い空間には、出口が見当たらない。このまま、ここから一生出られなくなることも恐ろしいが、放りだされても生きていけなくなる。将来への不安が募って、最近は眠れなくなることも多くなった。始業開始直後からパソコンの画面の端っこで今日のランチ情報をチェックしている彼女のように、無邪気にランチを食べに行く気にはどうしてもなれない。彼女にも、部長にも、久美以外の他の社員さんにも、きっとこの空間以外の自分の世界があるのだろう。だから、この空間が行き止まりだと思わずに済む。みんな、平然といつも通り仕事をしている。

考え過ぎ——、なのかな、と、久美が肩の力を抜いた瞬間、鼻の奥がつんとして、涙が出そうになった。こんなところでいきなり泣きだしたら、ここにいる全員が困惑するだろう。情緒不安定な人だと思われるのも嫌だった。

顔面の筋肉をフル活用してなんとか涙をせき止め、隣の社員に「お手洗いに行きます」とだけ囁《ささや》いて、部屋を出た。出た瞬間、ぽろぽろと涙がこぼれた。オフィスのドアの向こうから、クミちゃんどこ行ったの？　という部長の声が聞こえた。

4

周囲の目を気にせずに泣ける場所なんて、このビルには一つしかなかった。誰にも会わないようにと急いでエレベーターに乗り込み、「R」を押す。屋上で五分くらい外の空気を吸えば、きっとまた元の精神状態に戻れるだろう。そうでなければ困る。

だが、屋上に向かって快調に動き出したはずのエレベーターは、なぜかすぐに減速し、七階で、ちん、と音を立てた。誰か乗ってくるのかと「開」ボタンに指を置く。が、急にドアの外から怒号が響いてきて、久美は驚きのあまりエレベーターの奥に下がってしまった。

「てめえおら、ブチ殺すぞ！」

ドアが開く。すぐに閉めないといけないと思いながらも、気は動転していて、足も動かない。ドアがゆっくりと全開になって、四階とはまるで雰囲気の違うエレベーターホールが見えた。建物としてのつくりは一緒なはずなのに、漂う空気のキナ臭さといったらない。

次に見えたのは、壁に叩きつけられる男性の姿だった。暴力性が顔からにじみ出ている感じの中年男が、なにやら喚き散らしながら男性の喉首を引っ摑んでいた。野太い腕が、細くて白い首を圧《へ》し折ってしまいそうに見えた。どうやら、上に行く人間はいないらしい。大方、男性を振り回しているうちにエレベーターのボタンを押してしまったのだろう。

久美に気づくと、中年男は一瞬バツの悪そうな顔をしたが、次の瞬間には、何見てんだこらあ、と吠《ほ》えた。首を摑まれたままの男性が、つられて久美を見た。

スーツ君だ。

スーツ君は中年男の力が緩むや否や、体をくねらせて喉に食い込む手を振りほどき、膝と手を床について、超コンパクトな土下座をした。ひょろりとした体を亀のように丸めて、スーツ君は喉も嗄《か》れよとばかりに、すみませんでしたあ！　申し訳ありませんでしたあ！　と絶叫した。

その声にはっとして、久美は夢中でエレベーターのドアを閉めた。これ以上は見てはいけない。見ていられない。エレベーターのドアは空気を読むことなく、面倒くさそうにゆっくりと閉じる。上の階に向かって少し動き出してもなお、七階からスーツ君の絶叫が響いていた。

スーツ君の声を振り切りながら屋上に着くと、もはや涙などすっかり引いていた。将来への不安はあるけれど、殴られることはない分、久美はスーツ君よりマシかもしれない。けれど、そう考えるのは嫌だった。自分より不幸な人を見て安心するのも嫌だったし、自分の感じる生きづらさが、スーツ君に比べれば取るに足らないものだと思うのも嫌だ。

——ここしかないんすよ、逃げ道は。

スーツ君の枯れ果てた笑顔を思い出して、鳩尾《みぞおち》の辺りが熱くなった。久美もスーツ君も、境遇に違いはあるが、きっと同じなのだ。普通の人生を普通に生きようと歩いてきたはずなのに、都会の雑居ビルに迷い込んで未来へ向かう道を見失ってしまった。逃げようにも、逃げられない。変えようにも、変えられない。

ここから跳ばなきゃ死ぬ気がする、というスーツ君の言葉は、冗談でも、何かの喩《たと》えでもなかった。このままでは、遅かれ早かれ精神が耐えられなくなることを彼はわかっているのだ。人間性を磨り潰され、絶望の中で屋上から空へと跳ぶか。まだ人間性が残っているうちに跳ぶか。屋上に存在する唯一の「逃げ道」を前にしながら、スーツ君は毎日迷っていたのかもしれない。

私たちはどうしてここにいるんだろうね。

何か一言でも声をかけてあげたかったが、その日は結局、スーツ君が屋上に来ることはなかった。

5

一週間は、矢のように過ぎ去る。週初めに屋上を見つけたばかりなのに、もう週末、金曜日になってしまった。今日は、週末である上に月末でもある。屋上に行けるのは、今日が最後だ。

久美は、なんとしてもお昼に屋上へ行かなければならない。

そんな日に限って、定例のミーティングは昼休み直前になっても終わる気配がなかった。部長がいらん話をしながら、だらだらと来月の目標を発表している。必要なことだけをさっさと話していれば間違いなく三十分前には終わっているはずなのに、残業したところで残業代が出ないからか、管理職はひどく「終わりの時間」にルーズだ。久美も、普段ならそんなことには慣れっこでイラついたりはしないのだけれど、昼、ランチ勢の移動でエレベーターが混雑するよりも早く屋上に行かなければならない、というミッションを抱えていると、時計を見るたびに、腹の奥で苛立ちが募った。早く話を終わらせろ、と念じても、部長は一向にしゃべるテンポを変えようとしない。

時計をちらりと見ると、もう十二時五分前になっていた。にもかかわらず、新しい資料が現れて、次の議題に移ろうとしている。このままじゃ間に合わない。焦る間に秒針が一周回って、四分前になってしまった。

久美が昼休みの開始時間にやきもきしているのには、わけがある。

脳裏によぎるのは、昨日の昼の出来事だ。

「警察に行ったほうがいいと思うよ」

昼休みの時間、屋上にやってきたスーツ君の顔には、明らかに殴打されたとわかるアザができていた。立派な刑事事件だというのに、スーツ君は、いやあ、と歯切れの悪い返事をした。

よくよく話を聞いてみると、スーツ君の会社は会社と言っていいのかも危ぶまれる、というかむしろ犯罪の香りすらするとんでもないところだった。七階フロアにいるのは、会社の幹部が一人と、スーツ君を含め数人の社員だけらしい。職場は完全なる閉鎖環境であるために常駐の幹部は暴君と化していて、他の社員もヘイコラと付き従ってしまい、暴言暴力なんでもありの異常な空間が出来上がってしまっているようだ。

スーツ君にはもともと同期が一人いたが、執拗《しつよう》な暴力に耐えかねて昼休憩中に脱走し、そのまま行方をくらましてしまったという。残ったスーツ君を辞めさせまいと、暴力幹部は異常なルールを決めた。五年目までの社員は、休憩時間中も外出禁止。始業時間は厳守、出社時退社時、自宅を出入りするときは上司に連絡を入れる。自宅の合鍵と免許証を預ける。他多数だ。

このビルは古臭い建物ながらも、出入口にはＩＣカードで開くセキュリティゲートが無理矢理設置されているのだが、そこを通過するカードすら、スーツ君には支給されていなかった。他の社員がいないと、ビルに入ることも出ることもできない。とにかく、自宅にいる時間以外は徹底管理、監視されていて、半ば監禁とか軟禁に近い状態だった。

でも、その気になれば逃げる方法などいくらでもあるはずだ。一一〇に電話するとか、夜逃げするとか。けれど、肉体的にも精神的にも追い詰められたスーツ君には、八方ふさがりでどこにも逃げ道がないように思えているのだろう。警察に連絡したところで、警察が動いてくれなかったら。どこかに逃げても、追ってこられたら。暴力幹部にやられ過ぎたせいか、恐怖で視野が狭くなってしまっている。

「屋上に出らんなくなったら、もう逃げられないんじゃないすかね、オレ」

「ちょっと、しっかりしてよ」

スーツ君はうつろな目で、何度もため息をついた。久美が警察に連絡することもできたが、いまいち踏ん切りがつかなかった。考えなしに首を突っ込んで、余計にスーツ君を追いつめてしまっても責任が取れない。何もしてやれないし、何も有効な策を提示してあげられない。久美は、ううん、と押し黙ってしまった。

「クミさん知ってます？　動物園の動物って、野生動物より寿命が短いらしいすよ」

スーツ君は、沈黙を嫌ったのか、急に話を変えた。

「野生のほうが、すぐ死にそうなイメージだけど……」

「天敵もいないしエサも出るし、大事にもしてもらえるのに、死んじゃうんすよ、ストレスで」

「ストレスなんだ」

「それでも、あいつらは逃げようとしないんすよ、狭いところに閉じ込められてさらし者にされてんのに、楽して飯が食えちゃうから」

「まあでも、堀とか壁とかあるし、逃げられないんだろうけど」

「でも、本気で逃げようとしたら、堀くらい跳び越えて、壁くらいよじ登って、逃げられるやつもいるんじゃないかと思うんすよね」

「そう、かもね」

スーツ君は、向かいのビルを見ながら、オレも一緒っすけどね、と唇を噛んだ。

「四メートル二十五」

「四メートル二十五？」

「向こうの屋上までの距離っす」

測ったのかと聞くと、スーツ君は静かにうなずいた。ここも向こうもほぼ真四角な形のビルだから、道路の幅がそのまま屋上同士の距離になる。スーツ君はその道路の幅を、歩数で距離を計算できるスマホアプリを使って計測したようだ。

「超微妙な距離だね」

スーツ君は、幅四メートル二十五センチ、高さ四十メートルの堀の前で、寂しそうに立っていた。ご飯を食べるために飼い殺されているうちに、自由とはなんなのかがわからなくなった動物園の動物のようだ。それはたぶん、久美もそうだった。ここから向かいのビルに跳び移ることができたら、人生が突き当たってしまった雑居ビルの四階から、どこか違う世界に逃れられるだろうか。馬鹿げているのに、馬鹿にできない思いが、頭に小さな根を張った。

「私さ、中学の時、陸上部で、幅跳びやってたんだけど」

「マジすか。どれくらい跳んでたんすか」

「自己ベストは五メートル七十」

「え、すごくないすか」

「一応、記録的には、全国大会で決勝に残るくらいのレベル」

「やば、すごすぎじゃないすか」

「すごくないんだよ。実際、全国大会に行ったことはないから」

「でも、四メートル二十五なんて超余裕じゃないすか」

久美は、向かいのビルの屋上を見ながら、静かに首を横に振った。

「でも、ここぞってときに私はダメなほうだから。最後の大会は四メートル二十五も跳べなかったよ」

「失敗したんすか」

「うん。なんか、いい記録出さなきゃ、って思ったら、踏み切りが上手くいかなかった」

久美が自己ベストの五メートル七十を出したのは、中学三年の最後の中総体、県大会の決勝だった。中学二年になるまではお世辞にも全国レベルなどと言えるような記録は出したことがなかったが、三年生になってから急に記録が伸びて、地区大会で奇跡的に優勝。県大会では自己ベストを叩き出して優勝。東北大会への出場が決まった。記録自体は、全中、つまり全国大会の決勝まで進んでもおかしくないレベルで、久美は学校でにわかに注目を浴びるようになった。あまりスポーツの強い中学でもなかったので、学校の校舎にはでかでかと「東北大会出場決定」という文言と久美の名前が書かれた垂れ幕が掲げられたし、それまで、早く引退して受験勉強をしろ、と言っていた担任の先生が、頑張れ、全国行け、などと言ってくるようになった。地元紙の取材が来たり、後輩たちがお守りを作ってくれたり。人生で、こんなにも人に注目されたのは中三のあの時だけだろう。

その後、東北大会に出場して決勝まではいったのだけれど、結局、自己ベストの更新もできず、決勝では踏み切りのミスが続いて、記録なしに終わった。

最後の跳躍、自分のものではなくなったように動かない足の感覚を思い出した。全国に行きたいとか、人の期待に応えたいとか、何かを背負ってしまうと、久美の体はうまく動いてくれない。それが、自分の命だったらなおさらだろう。

「そういうもんすかね」

「そういうもんだよ」

ですよね、と、久美に背を向けたまま、スーツ君は思いきりため息をついた。スーツ君が助走をつけて、ビルの屋上から跳び上がる姿を想像する。久美の頭の中で、スーツ君は何度か空を舞ったが、いずれも失敗した。助走をつけて踏み切る瞬間、見えない手が足首を摑んで、勢いを殺す。高さも、スピードも、何もかもが足りない。スーツ君は懸命に手足をばたつかせて空中でもがくが、向かいのビルには届かない。

「命懸けでこんなところ跳ぶなんて、馬鹿げてる」

スーツ君が、そうっすよね、というよりも早く、久美は口を開く。

「でも、もし跳ぶなら、イメージするしかないと思う」

「イメージ、っすか」

「ここから跳んで、向こうに着地するイメージ。落ちることは考えない。失敗することを考えると、ダメになるから」

「難しい」

「これは逃げ道じゃなくて、未来への挑戦だ、って心底思えたら」

四メートル二十五は、大した幅じゃないかもね。

無責任に大きなことを言ったかも、と、久美は後悔した。まるで、スーツ君よ、思い切り跳べ、と言わんばかりだ。

「そっか、逃げ道じゃなかったのか、ここは」

スーツ君が、変に納得した様子でつぶやいたので、久美は必死に弁解しようとした。真に受けて跳ばれても困ってしまう。

「いや、なんというかね」

「跳ばなきゃ死ぬってんじゃなくて、生きたいなら跳べ、つうことすかね」

「いや、跳べ、とは思わないからね。バカだよ、こんなとこ跳んだら。それよりさ、ちゃんと警察とか、そういうとこに連絡とってさ」

「クミさん」

スーツ君は、なんだか憑《つ》き物が落ちたような目で、久美を見た。

「頼みがあるんすけど」

「頼み?」

「明日、十二時きっかりに、オレ、あの野郎をぶん殴りますんで」

スーツ君は、とてもさわやかな顔で、えらく物騒なことを言った。

スーツ君の頼みというのは、暴力幹部をぶん殴って逃げるために、十二時一分に、エレベーターで七階まで来てほしい、という内容だった。十二時一分ということは、外飯女子軍団よりも早く、エレベーターに乗らないといけないことになる。

久美が約束できない、と言うと、まあそれも運命です、とスーツ君は笑った。だが、アイツぶん殴ったら、オレ、リンチされて死ぬかもしれないですけど、と、真顔で言う。やめてよ、と久美は悲鳴に近い返事をした。

そんな、スーツ君との約束まで、あと三分ほどになっている。

ミーティングは相変わらず終わらない。線の細いスーツ君が、あんな暴力の権化《ごんげ》のような顔をした人を殴ったら、ただでは済みそうにない。比喩表現などではなく、本当に殺されてもおかしくないように思えた。なのに、自分の命をよりにもよって久美に預けるなんて、スーツ君はバカすぎる。ああもう、スーツ君のバカ、スーツ君はバカ！　と、頭の中で何度も叫んだ。

ふと、隣を見ると、久美と似たような表情でイライラと人差し指を動かしている人がいた。外飯軍団のリーダー格で、お局様的なポジションにいる女性社員だ。そろそろ昼だというのに、部長の話が終わりそうもないので爆発寸前だ。ランチタイムは人気のお店に行列ができてしまうので、いち早くビルを出て行かないと波に乗り遅れてしまうのだろう。

配られたプリントに、もうお昼ですね、と書いて、お局の視界にそっと差し込んでみると、お局は久美の顔を見るなり、ね！　と大いにうなずいた。予想以上に、リアクションがいい。行ける、と思って、さらに、お店が混んじゃいますよね、とメッセージを書いた。お局は我が意を得たりとばかり自分の正当性を確信したのか、隣に控える外飯軍団員たちに目くばせをした。みな一様にイライラした顔で、お局に向かってうなずき返す。

「で、来月末納期のさ、プロジェクトの進捗なんだけど」

「あの、部長」

時計などまるで見ずに話をしている部長を遮って、お局が手を挙げた。

「は、はい？」

お局の表情を見て、部長は少し腰が引けた声を出した。狭い職場では、ベテランの女性社員ほど恐ろしい存在はいない。

「もうお昼なんで、午後に回しませんか、その話」

「え、ああ」

そうするか、と、部長が苦笑いをした瞬間、お局と目が合った。お局が久美を見ながら、にっ、と微笑む。ずっととっつきにくい人だと思っていたが、意外と愛嬌《あいきょう》がある人なんだな、と、久美のお局評は都合よく一転した。

全員がバタバタと資料を片づけたり、自席に戻ったりする横を、久美はスマホだけ引っ掴んで抜け出す。あれ、クミちゃんは？　という部長の声と、トイレ我慢してたんじゃないですかね、というお局の声が聞こえた。

6

オフィスを飛び出し、細い廊下を走って、エレベーターホールに急ぐ。上向きの正三角形を押すと、運よく二階で停まっていたエレベーターが反応した。時計は、十二時一分をすでに過ぎている。到着した箱に飛び込んで、すぐさま七階に向かった。

人の気も知らないでいつも通りマイペースなエレベーターの中で、5、6、と、順繰りに光る数字を目で追う。そして、7。久美は、思いきり「開」ボタンを連打した。連打したところでドアが開くスピードは変わらないのだが、そうせざるを得なかった。ゆっくりとドアが開いて七階フロアが見えてきたと思った瞬間、黒い塊のようなものが吹っ飛んできて、エレベーターの中に転がり込んできた。スーツ君だ。おうこら、殺すぞ！　という恐ろしい怒号が迫りくる中、久美は恐れおののきながら、半ばパニックになって、今度は「閉」を押しまくる。エレベーターのドアがまた腹立たしいほどマイペースに閉じていく。

「クミさん遅いっす」

「ごめん。でも、ほんとに殴ったの？」

「やりましたよ。野郎、めっちゃ鼻血出してますよ」

「いや君も鼻血出まくりだよ」

スーツ君は涙目でねっとりした血が出る鼻を押さえる。押さえた手が、見る間に真っ赤に染まった。ちょっと鼻血が出ました、という量とはわけが違う。うわ、と完全に引いてしまったが、それ以上に、エレベーターの異変に驚いた。一階に降りていくものだと思っていたのに、転がり込んできたスーツ君は「R」のボタンを押していたのだ。

「ねえ！　なんで上を押してんの！」

「ただ下に行っても、追いつかれるだけっすよ」

「いや、屋上に行ったら、それこそ終わりじゃない！」

「いや、なんかもう、進む道は屋上しかないと思って」

「屋上って、ねえ、まさか、跳ぶの？」

「跳ぶっす」

「無理でしょ、そんなの！」

「でも、向こう側のビルに行けたら、屋上づたいにそこからさらに向こうのビルに移れるんすよ。ビルから出て追いかけてこようと思ったら、道路をめちゃくちゃ大回りしないといけないんで、その間に逃げられるはずなんす」

「いやでも、ほんとに跳べると思ってんの？」

「まあ、昨日の夜中に近所の公園で幅跳びやってみましたよ」

「幅跳び？　記録は？」

「ダサいことに、四メートル二十五ジャスト」

だめじゃん、と、久美は声を荒らげた。ビルの間の四メートル二十五は、平地で跳ぶのとはわけが違う。六メートルを軽々跳ぶ人だって、八メートル五十を超えてくるオリンピック選手だって、命を懸けた四メートル二十五は簡単には跳べないだろう。せめて、地上では楽々跳べるくらいの力が必要だ。

「そう考えると、五メートル七十ってマジヤバっすね」

「そんなこと言ってる場合じゃないでしょ」

「まあ、火事場のなんちゃらで、案外行けるんじゃないかなって思うんすけど」

「無理だよ。バカじゃないの」

「いいすか、あっちのビル、こっちのビルよりほんのちょい背が低いじゃないすか。だから、ジャスト四メートル二十五でもギリ届くんですよ、たぶん」

「失敗したら?」

スーツ君は、鼻血で真っ赤になった顔で、「それは考えるな、って言ったのクミさんじゃないすか」と笑った。

エレベーターが屋上に着き、急いでドアを開ける。外に転がり出ると、スーツ君はすぐさま助走の開始地点に行ってスタンバイを始めた。屋上の縁には、ここから跳べ、と言わんばかりに踏み切り用の木の板が斜めに立てかけて固定されている。

久美は、どうしていいかわからず、屋上への出入口の前で、エレベーターの数字を追う。屋上からすぐさまとんぼ返りしたエレベーターは、一旦一階まで行き、その後再び上昇して七階で停まった。もう、どうにもできない。あいつらが乗ってきたのだ。

「来るよ、ねえ、もう来るよ!」

スーツ君は膝の屈伸をし、上着を脱ぎ捨て、ワイシャツの袖をまくった。革靴を脱ぎ、靴下を放り捨て、スラックスの裾を念入りに捲り上げる。

「クミさん!」

「なに! 何よ!」

「クミさんは、階段から降りて行けば大丈夫っす。内鍵かけて一階下に降りて、後はエレベーターで逃げてください。七階の階段の前は荷物積んであって使えないんで、あいつら階段からは上ってこないっす」

「いや、そんなこと言われても、さ!」

「大丈夫、オレ、死にましぇんから」

大昔のドラマじゃないんだから。止めようとして何か声をかけようと思っても、久美の中からは言葉が出てこない。スーツ君の目には決意が満ちていて、もはや跳ぶことしか考えていないように見えた。

「生きて会えたら、ご飯でも食いに行きましょう」

「R」のランプが光る。久美は、階段に逃げるタイミングを失って、慌てて隠れる場所を探し、走ってスーツ君の助走ルートの途中にあるエアコン室外機の陰に隠れた。半分体が見えてしまうが、そこくらいしか隠れる場所がなかったのだ。久美が滑り込んだのとほぼ同時に、ちん、という間の抜けた音がして、数人の男たちが喚き散らしながら屋上にやってきた。室外機の隙間から見えるスーツ君は久美の目の前で体を深く沈め、ふっと一つ息を吐いた。真っすぐに前を向いて、裸足《はだし》で力強くコンクリートを蹴る。本気の助走だ。

「だめ！　足りない！」

スーツ君が走り出してすぐ、久美の直感が、だめだ、と叫んだ。幅跳びは助走のトップスピードを維持したまま、利き足で踏み切らなければ記録は伸びない。スーツ君は助走距離を取り過ぎで、踏み切るポイントまでいくと、おそらくスピードが落ちる。歩幅の調整もできないだろうし、踏み切り直前に歩数が合わなくなると思われた。このまま跳んでも、きっとさほど距離は出ない。

もう、止まれ、という言葉ではスーツ君を止められない。考えるより早く、久美は目の前を通り過ぎようとするスーツ君を追いかけて走り出していた。

7

中総体東北大会のあの日は、朝からあいにくの雨だった。大会を中止するほどではないが、かといってまったく気にならないとは言えないくらいの嫌な降り方。季節外れの寒さも相まって、大会は荒れに荒れていた。久美は予選をぎりぎり通過し、決勝に残った。女子走幅跳の決勝は、ずいぶん時間が押して、もう空が暗くなっていた。

決勝一本目は、大失敗だった。ここまで来たら全国に行きたい、という欲が出たこともあるし、体が冷えて思う通りに動かなかったこともある。緊張もあったし、自信のなさもあった。踏み切りに失敗して、距離は四メートルと少し。ファウルで記録もつかなかった。二回目もファウル。三回目の跳躍で八位以内に入れなければ、そこで競技終了だ。三回目は、精神的にも肉体的にもかなり追い詰められていた。

それでも、県大会で叩き出した自己ベストか、それ以上の記録が出れば優勝の可能性は残っている。天候のせいもあってか、昨年、二年生で全国優勝を果たした大会ぶっちぎり優勝候補の子が、久美と同じく三回目での脱落の危機に瀕していた。久美が自己ベストを出し、その子が三回目を失敗すれば、一気に東北大会優勝、全中出場が現実味を帯びる。多分、同じことをその子も考えていただろう。記録的に、その子に肉薄しているのは久美だけだったからだ。

スタート位置に立つと、応援に来てくれた保護者や部活の仲間、後輩たちがギャラリーから送ってくれる声援が聞こえた。競技場の照明が点灯して、フィールドがライブステージのように浮かび上がっている。その場にいる誰もが、久美の跳躍に釘《くぎ》づけになっていた。たぶん、あの瞬間が、久美が一番特別な存在になった瞬間だったように思う。

だが、三本目も結果を残すことはできなかった。

緊張のあまりスタートでおかしくなった歩幅を修正することができないまま久美は跳んだ。それでも、五メートルを超える跳躍にはなったが、着地に失敗して後ろに手を突いた。踏み切りもラインを踏み越して、記録なし。記録があったとしても、四メートルと少し、という結果になっただろう。ギャラリーのため息が、体中に突き刺さった時の感覚を、忘れることができないでいる。

優勝も狙っていたのに、記録すら残せずに終わってしまった。呆然《ぼうぜん》として泣くこともできずにいる久美の目の前で、同じ状況に追い込まれた優勝候補の子が、両手を高く上げて、ギャラリーに拍手を要請していた。自分を奮い立たせるためなのだろうが、下手をすれば余計なプレッシャーをかけてしまうのに。でも、その子は観客の拍手の中でスタートを切り、自己ベスト、六メートルの大台に乗せる素晴らしい跳躍を見せた。

競技場の照明の光を浴びながらこぶしを突き上げるその子の姿を見て、ああ、何か特別なことを成し遂げる人というのは、こういう人なんだろうと久美は思った。自分は「そっち側」じゃない。彼女が浴びる光の下に、自分は多分行けないんだ。久美がそう感じた通り、その大会で優勝したその子は、高校でもインハイ三連覇を果たし、大学在学中にオリンピックにも出場した。陸上競技は世界の壁が厚く、メダルには届かなかったが、それでも日本の陸上史にしっかりと名を遺した。片や、中学時代、東北大会の決勝で彼女とともに優勝候補に挙げられていた久美のことを知る人は、もはやどこにもいないだろう。中学で陸上をやめた後は彼女とまったく違う道を歩み、今は、都会のビルの隙間に埋もれそうになっている。

「止まって！」

何年ぶりかに、全身の筋肉を躍動させながら、久美は前を走るスーツ君の背中を追っていた。距離は少し離れていたが、踏み切り直前でスーツ君の歩幅がずれて、走る勢いが落ちた。無理もない。板のせいで、途中から助走路の角度が変わってしまう。きっちりと歩幅を合わせて踏み切るのは至難の業だ。

久美が伸ばした右手が、ぐんと距離を縮める。もうあと一歩前に出れば、スーツ君の背中に手が届く。久美は限界まで体を前傾させて、体重をすべて前方に預けた。届く、と思った瞬間、視界からスーツ君の背中が消えた。同時に「うわ、やっぱ無理っす」という声が聞こえた。

スーツ君が見た光景を、コンマ数秒後に久美も見ることになった。屋上の端っこが目の前に迫り、すぐ近くにあるような気がしていた向かいのビルとの間に、くっきりと空が存在しているのがわかる。四メートル余りの空白は、とてつもなく遠い距離に感じた。

死の恐怖の前にヘタレたスーツ君は板の直前でコースを逸脱し、柔道の受身の要領で前方に転がって屋上の縁に背中をぶつけて止まった。自殺行為に及ぼうとするスーツ君を止めるという久美の目的はそこで果たされたわけだが、問題は久美自身だった。全体重を前にかけたせいで、もはや体を止める術《すべ》が残っていない。止まろうとしても、「動いているものは動き続けようとする」という慣性の法則に導かれて、体がつんのめるように前に進む。

ああ死ぬかも、と死を実感した瞬間、全身の毛が逆立って、脳の中に膨大な数の映像がばらまかれた気がした。週末に飲もうと思って買っておいたちょっとお高いビール。録画してあるドラマの最終回。少ないながらも、毎月倹約して貯《た》めた貯金。贅沢もせず、ひっそりと生きながら手にしたそのささやかな財産すら残して死ぬなんて、世界はなんて不条理なのか、と怒りが湧いてくる。今さら全身で急ブレーキをかけても、勢いに乗った体はおそらく止まれない。久美が生き延びる方法は、その時点で一つしか残っていなかった。四メートル二十五を跳んで、向かいのビルに到達することだ。

久美はうずくまるスーツ君を横目に、屋上の外へと向かう助走路に右足を合わせた。奇跡的に、踏み切りのタイミングがぴたりと合う。利き足に力を込めて、トップスピードのまましなる板を蹴り、——跳ぶ。

だん、と音がして、次の瞬間、久美は空にいた。昼間の太陽が、スポットライトのように久美だけを照らしている。都心のくせに妙に青い空が、久美を包んでいる。重力の鎖を断ち切って、空を駆けるように跳ぶ、はさみ跳び。ゆっくりと進む時間の中、懸命にもがいて前に進む。一センチ先へ、そのまた一センチ先へ。

ふざけんなー！

喉も裂けよと叫びながら宙を舞い、久美は浅い弧を描いて四百二十五センチの向こうへ跳び、向かいのビルの屋上に落ちた。届くか届かないか、という心配はまったくなく、スーツ君が言った通り、火事場の馬鹿力を発動した久美は、むしろだいぶ跳び過ぎ、勢い余ってコンクリートの地面に体を打ちつけることになった。体が慣性の法則から解放されるまで、なす術もなくごろごろと転がる。

ようやく体が止まって、真っ先に思ったのは、今日はスカートにパンプスじゃなくて、パンツにスニーカーを履いてきてよかった、ということだった。やがて、マヒ状態だった脳みそが回転しだすと、全身から、どうわっ、と音が出るくらい一気に汗が噴き出した。心臓が猛烈に拍動している。手足が震える。

仰向けに寝転んだまま、数秒前までいたはずの、雑居ビルの屋上に目を向けた。決死の大跳躍を見せた久美などそっちのけで、数人の男に囲まれたスーツ君が殴る蹴るされている。なんなのよ、なんでここまでしたのにこっちに注目しないのよ、と、腹の底から怒りが湧いてきた。

くそ。スーツ君など死んでしまえ。

声にならない悪態をつきながら、辛うじて落とさずに済んだスマホで、人生初の一一〇番通報をした。ビル名を言い、屋上で人が殴られている、と言ったところまでしか記憶がない。久美はそのまま気を失ったらしい。

8

久美が空を跳んでから、あっという間に一週間が経った。今日は、部長席の後ろの窓のブラインドが開いていて、隙間から向かいのビルが見える。窓の外を上から真っ逆さまに落ちてくる自分の姿を想像して、久美は仕事をしながら何度か目眩《めまい》を覚えて吐きそうになった。

一週間前の奇跡の大ジャンプの後、気を失った久美は五分ほどで意識を取り戻した。騒ぎになる前にこの場を去らねば、と、あちこち痛む体に鞭打って、跳び移ったビルの屋上から外階段で一階まで下りた。命を懸けて跳躍した直後とは思えないほど地味に裏路地に出て、狭い道路をたった十歩ほどで横断し、派遣先オフィスのあるビルに戻ると、出入口にパトカーが数台止まっていて、警察官がわさわさと集まってきていて驚いた。通報したのは久美なのだが。

屋上を経由してビル外に出るという想定外の外出をしてしまった久美は、出入口ゲートの退出記録がないので、そのままではセキュリティゲートを通ることができない。警備員に「屋上から出てしまった」という事情を説明して信じてもらえるだろうかとおろおろしていると、警察に両脇をがっちり固められた暴力幹部ら数名の男が、悪態をつきながら連行されてきた。ビル前は騒然として野次馬も集まり、久美はどさくさまぎれにＩＣカードを使うことなく人の後にくっついてゲートを突破し、昼休憩終了五分前、十二時五十五分にオフィスに滑り込んだ。部長が、トイレ長かったね、と、ド直球のセクハラ発言をしたが、他は誰も久美に興味を示さなかった。

本当に、自分はあの四メートル二十五を跳んだのだろうか。
久美が起こした奇跡の跳躍に驚いてくれる人は誰もいなかった。

その跳躍から何事もなく一週間が経過し、お昼前になって、今日もいつも通り外飯軍団の「ランチをどうするか会議」が始まった。ここ数日は、同じビル内に犯罪まがいの情報商材ビジネスに手を染める会社の事務所があったということで、ひっきりなしに警察が来て捜査をしていたようだが、女性社員の皆さんは動揺を見せることなく、いつも通り自分の仕事をこなし、一番の楽しみであるランチタイムをエンジョイしていた。彼女たちは、明日隕石が降ってきて地球が滅亡すると言われても、じゃあ最期はどこでランチを食べるべきか議論しているかもしれない。

「あの」

久美は腹に力を入れて、震えそうな声を締めつけながら、やっとの思いで向かいの席のお局に声をかけた。女性社員たちの視線が一斉に集まる。引けそうになる腰をなんとか突っ張って、慣れない作り笑顔を拵《こしら》えた。

一週間前のあの日、久美は間違いなく空を跳んだ。誰かが動画に撮ってSNSにでもあげていたら、世界中でめちゃくちゃな再生数を稼ぎだし、久美は一躍時の人になっただろう。成り行きとはいえ命懸けの跳躍でとんでもない奇跡を起こしたのに、何一つ人生が変わらないなんて嘘だ、と久美は思った。屋上から跳んでこの空間の外に逃れることができるのなら、五年も一緒に働いているのにろくに会話もしたことがない女性社員たちと連れ立ってお昼に外へ出るだけのことなんて、いとも簡単にできなければおかしいではないか。

「どうしたの。池田さん」

「あの、私」

お弁当、今日作れなくって。そこまで言って、心が折れそうになった。あっそう、で？　と言われたら、また閉鎖的なオフィスの自席で、もぞもぞと弁当を食べる毎日が続くことになる。今まで通り、何も変わらない。あと何年、そんな生活が続くのだろう。もう五年？　十年？　十五年？

「あ、じゃあ、今日一緒にランチ行く？」

えっ、と、思わず声が出た。久美の反応を見て、お局も、えっ、という顔をした。

「いいんですか？」

「全然いいわよう」

ねえ。と、お局が微笑むと、周りの全員が、ねえ。と笑った。

「え、じゃあ、池田さん初参加だからあ、ちょっといいとこ行こうよ」

久美が突如として輪の中に入っても、「ランチ会議」は滞りなく進んでいた。久美は一人、ふわふわとした浮遊感を味わっていた。

「じゃあ、菊寿司《きくずし》にしない？」

いいねえー、と、皆が賛同する。お局が、ネタがいいのに安くておいしいの、と教えてくれた。

地獄耳でろくに仕事のない部長がへらへらとお局の背後に歩いてきて、お、今日はどこ行くの？などと話しかけてきたが、女性社員たちは全員、石の仏像のような顔でガン無視を決め込んでいた。

9

十二時きっかり、久美は彼女たちと一緒に席を立った。薄暗くて狭苦しいオフィスから出て、閉鎖された屋上ではなく、外に向かう。部長が「クミちゃんお昼外？　珍しいね」とすぐさま声を掛けてきた。振り返って、たまには、と笑う。

外飯軍団と連れ立ってエレベーターを降りると、明るい外の光が見えた。ビルから出て、太陽の光を浴びる。なんだ、こんなに簡単に外に出られたんだ、と、拍子抜けした。屋上から決死の跳躍などする必要は皆無だった。

「あ」

「どうしたの？」

ちょっと、お財布を忘れてきて、と言うと、彼女たちは懇切丁寧に道順を説明し、先に行って席を取っておいてくれるという。久美は晴れた昼間の空気に溶けていく彼女たちの背中を見送りながら、逃げ場のない世界に追い込まれたわけではなくて、自分が自分で道を閉ざしていたのだな、と思い知った。屋上にしか逃げ道がない、と思い込んでいたスーツ君と同じだ。

彼女たちが十分に離れてから、久美は向こう側のビルに視線を移した。四メートル二十五センチ先に、見覚えのある顔がある。まだうっすらとアザの残る顔に、だぶだぶのスーツ。白くて細い首に、ぼさぼさの髪の毛。

スーツ君は、久美と目が合うと急にネクタイを直し、気をつけの姿勢をとって深々と頭を下げた。その様子があまりにもぎこちなく仰々しいので、思わず笑いがこみあげてきた。胸の中に渦巻いていたスーツ君への敵意が、肩の力と一緒に、ぷすんと抜けていく。

「何してんの」

久美は道路を挟んで、呼びかけた。通行人が数人、訝《いぶか》しげに久美を見る。スーツ君は視線を落とし、蚊の鳴くような声ですみません、と言ってうなだれた。

「あの、危ないことをさせて、本当に申し訳なくて、謝ろうと思って」

「で、こんなところに立ってたわけ？」

「そうっす」

「いつ出てくるかわかんないのに？」

「今、すぐ近くのハローワークに通ってんすけど、昼にここに来れば、会えるんじゃないかなと思ってですね」

「え、毎日来てたの？」

スーツ君は、返事をする代わりに首を上下にぶんぶん振って答えた。

「弁当派だって言ったじゃん、私」

「いや、でも、屋上もダメになったし、外に出てくるような気がしてたんですよ」

ここんとこ、太陽が気持ちいいから、とスーツ君は空を見上げた。今日も、外は晴れていた。秋の澄んだ青空に、真っ白な太陽が浮かんでいる。空の青を見上げると、小さなことはどうでもよくなった。

「お昼は？」

スーツ君は、へ、と気の抜けた声を出した。足元には、煙草の灰で汚れたコーヒー缶が転がっている。

「いや、あの」

「お昼、行こうよ。約束でしょ？」

生きて再会できたらご飯でも、と、凜々《りり》しく言い放つスーツ君が思い出された。その数十秒後に、彼は恥も外聞もなくヘタレたのではあるが。

「でも、今日はあの」

「私がおごるよ。安くておいしいお寿司だってさ、今日」

久美は、すぐにお局に電話をかけ、一人追加してもいいですか？ と聞いてみた。お局は、誰を連れていくのかも聞かずに、個室の席空いてるからいいよ、と笑っていた。せっかく生きているのだから、毎日おいしいものを食べないと損だ、という彼女たちの論理が、久美にもようやく理解できた気がする。たかがランチ、されどランチだ。

「昼に固形物食うのはハードル高いすよ」

久美は、道を渡っていって、バカ言うな、と、スーツ君の後頭部をひっぱたいてやった。スーツ君が大げさに悲鳴を上げる。

「たまにはおいしいものくらい食べないと、人生つまんないでしょ」

それ、クミさんが言います？ と、スーツ君が、にへら、と笑った。急がないと、会社の人が席取ってくれてるんだから、と、久美はスーツ君の男子のくせに細すぎる背中を押し、一路、安くておいしい「菊寿司」を目指す。

ユキはひそかにときめきたい

1

「顔に何かついてるか？」

「え？　いや、その、ううん」

　月曜の朝、ユキは自分よりも少し早い時間に出勤する夫のリュウイチを玄関先で見送る。結婚してもう二十年、いつの頃からか、家を出る夫を見送るなどということはなくなっていたのに、今日は廊下を歩く夫の背中を追わざるを得なかった。まるで金魚のフンのように後をつけるユキに、夫はずいぶん困惑している様子だ。

「今日は、少し遅くなると思う」

「夕飯は？」

「たぶん、どこかで済ませてくるよ」

「そ、そっか」

　ユキは、口をついて出そうになった「早く帰ってきて」という言葉を、無理矢理呑《の》み込む。そんな言葉をかけた日には、夫はますます困惑するに違いない。

「じゃ、行ってくる」

「いってらっしゃい」

　自宅マンションのドアが閉まると、ユキはその場にへなへなとへたり込んだ。いや、だって。あれは。

——だって、ジュダじゃん！

「ジュダ」というのは、ここ数年ユキが追いかけている韓流アイドル「ＹＸＯ」のメンバーの一人だ。圧倒的なパフォーマンスで世界的人気を博すＹＸＯは、天真爛漫《てんしんらんまん》で情熱的な性格の「ソル」、アンニュイで中性的な「レム」、そしてクールで陰のある「ジュダ」の三人組で、日本でもドームツアーを成功させるほど人気がある韓国発の男性アイドルグループだ。三人が三人それぞれ魅力的ではあるけれど、ユキの推しは断然、リーダーの「ジュダ」である。本名は「ユ・ジュダ」で、年齢は数えで二十六歳だ。若い。三人の中でもジュダはダンスパフォーマンスに定評があって、ファンの間では、ショーに対してものすごくストイックなことで知られる。見た目のカッコよさもそうだが、その佇《たたず》まいがたまらない。アイドルにしてはやや低めのバリトンボイスも魅力の一つだ。

四十半ばの既婚女が年甲斐《としがい》もなく、と言われるかもしれないけれど、国籍年齢問わず推しアイドルは大正義であり、見ているだけで幸せになれる存在だ。娘のハルにねだられて、引率という体《てい》でファンイベントに参加したのがＹＸＯとの出会いだったが、今やユキのほうが大ハマりしてしまっていて、昨日も夫を家に残し、ハルと二人でコンサートに行ってきたばかりだ。コンサートは控えめに言って最高だった。娘と一緒に大満足で帰宅したのだが——。

異変が起きたのは、帰宅してからのことだ。

ユキの前に、自宅リビングのソファでくつろぐジュダの姿があったのである。

もちろん、コンサートを終えたジュダ本人が家にやってきたわけではない。家にいた夫の姿が、ユキの目にはジュダに見えているのだ。娘のリアクションを見るに、夫がジュダに見えているのはユキだけであるようだ。そうでなければ、娘が平然としていられるわけがない。

言動や行動から、目の前にいるのが夫なのだということはわかる。でも、いかんせん、見た目は完全に推しアイドルの姿なのだ。なんとも生気の薄い夫の目はファンを虜《とりこ》にする愁《うれ》いを帯びたあの目に変わり、中年男のだらしない体は、腹筋バキバキで筋肉質なスーパースタイルに。ぼんやりとして覇気のない声も、日本語のたどたどしさが母性をくすぐるあの低音イケボイスに聞こえてくる。YXOのコンサートがあまりにもよすぎて、その興奮のままに脳内で夫とジュダを入れ替えてしまったのかと思ったのだけれど、一夜明けて朝になっても、夫はジュダのままだった。

推しアイドルが当たり前のように自宅を歩き回っているのを見て、ユキは魂が抜けそうになっている。スタジアム後方席から豆粒のような大きさの本人を見るだけでも頭が沸きそうになるのに、それが手を伸ばせば届く距離にいるのである。幻覚の類だとわかっていたとしても、呼吸をするのを忘れる。敬虔《けいけん》な信者が神の降臨という奇跡を目の当たりにしたようなもので、そのみすがたの神々しさに、ユキはひれ伏さんばかりだった。

ああ、二十代のうら若き乙女《おとめ》だった頃にジュダと出会えていたら、結婚なんていう運命も微粒子レベルでは存在したかも知れない。そんなたわいない妄想がいざ具現化してしまうと、大問題であることに気づく。夫の一挙手一投足に、胸がきゅんきゅんして止まらないのだ。このまま不整脈でも起こして倒れてしまうのではないかと思うほどだ。

まさか、あれって、ほんとに――。

なんでこんなことになってしまったのか。この奇跡の発端を思い起こすと、昨日のＹＸＯのコンサート終了後に遡《さかのぼ》る。

2

「ねえ、ハルちゃん、今どこにいるの？」

『物販の列に並んでる』

「え？　また物販に行ったの？」

『言ったじゃん、並ぶって。ちょっと待ってて』

「まあじゃあ、駅行く途中の広場で待ってるよ？」


東京近郊の大会場で行われたＹＸＯのジャパンツアーファイナル。四時間半に及ぶ怒濤のエンターテインメントショーの余韻に浸りながら、ユキは会場を後にする人の波に乗って駅に向かっていた。が、ふと気づくと、娘が横にいない。どこかではぐれたかと電話をかけてみると、物販列に並んでいる、という返事がきた。買うか買うまいか迷っていたグッズが、結局諦めきれなかったようだ。娘の主張によると、物販に行くとユキに伝えたものの、ユキはジュダの魅力を熱く語ることに夢中で、娘と離れたことに気づかなかったらしい。そんなバカな、とも思うが、さもありなん、とも思う。

駅に向かう動線から少し外れると、キッチンカーや屋台の並ぶ会場前広場がある。商品を売り切るべく声を張り上げる人たちを横目に広場をすり抜け、端のほうにあるベンチに座ろうとすると、商売っ気のまるでない場所に出店している移動販売車の存在に気づいた。ほんとに営業しているのかと思うほど存在感がまるでない。店前に置かれた立て看板を見てみるのだが、書いてあることの意味がよくわからずに、少し混乱する。

――ときめきＳＨＯＰ

看板には、「ときめきを感じませんか」という売り文句と、「5000yen～」という価格が書いてある。新宿駅前の路上なんかにいる、「詩を売ります」的なものだろうか。それとも、占いのようなものか。いずれにしても、そんなふわっとしたものに五千円という結構な金額を出そうという人はいないようで、販売車の前は閑散としている。前を通りかかる人も、まるで視界に入らない様子で素通りしていくばかりだ。

「お姉さん、こんばんは」

「え、わ、わたし？」

悔しいかな、「お姉さん」と言われたことに反応してしまい、ユキは販売車の中に目を向けた。中にいたのは、アイドル並とは言わないまでも、さわやかな雰囲気の若い男性だ。リップサービスとはわかっていても、「お姉さん」と言われて嫌な気はしない。

「僕はときめき販売員といいまして、こうしてときめきを売って回っています。どうでしょう。ときめきをおひとついかがですか」

「ときめきって、なに？　変な開運グッズとかならいらないんだけど」

娘が物販会場から帰ってくるまでは三十分以上かかるだろうし、警戒しつつではあるものの、さわやかな雰囲気のイケメンと時間つぶしに話ができるのは悪くないと思って、ユキは会話に応じることにした。ただ、どうみても売り物はあやしい。

「そんなんじゃないですよ。僕が販売してるのは、正真正銘のときめきです」

「意味がわからないんだけど、どういうこと？」

「お姉さん、最近ときめきを感じてますか？」

「今さっき、ときめいてきたところだから、間に合ってるかな」

ユキがコンサート会場を指さすと、ときめき販売員が、ああ、とうなずく。

「ほんとに間に合ってますか？」

「ほんとに、って」

「日常生活にときめきがないから、アイドルに求めてしまう。そんなことはないですかね」

う、と、言葉に詰まる。

私生活でのときめきなんてものは、販売員の指摘通り皆無だ。結婚して二十年近く経つと、夫との関係など当然のように冷え切っている。かといって不倫やら婚外恋愛やらという昼ドラのようなことをする勇気も機会もない。娘を出産して以降は体重も増加する一方で自分に自信も持てなくなったし、そのせいもあってか男性に声をかけられることもなくなった。胸がときめくような出来事と遭遇する予感など、日常のどこにもない。でも、それが普通のことだと思っているし、そういう欲求を埋めてくれるジュダがいる。それで、今は十分満足だ。

「ときめきなんて歳でもないから。もう四十五だし」

「年齢なんて関係ないですよ。どうですか。ひとつ試してみませんか？」

ときめき販売員は陳列している小さな薬瓶のようなものを一つ摘《つま》み上げて、軽く振って見せる。

瓶の中身は、ケミカル感が満載の鮮やかすぎるピンク色の液体だ。体に悪そう、と、やや腰が引ける。販売員が言うには、この液体が「ときめきそのもの」なのだそうだ。

「これを飲めっていうの？」

「例えばです。お姉さんはどんなことがあったらときめいてしまうと思いますか？」

「どんな。そんなこと考えたことないけど……」

「なんでもいいんですよ。ちょっと考えてみてください」

「ええ、そりゃあ、帰ったらＹＸＯのジュダが家にいて、おかえり、なんて言ってくれたら、ときめいちゃうと思うけど」

ちょっとアレな感じの妄想話を披露すると、ときめき販売員はさも「またそんな冗談を」という具合に軽く笑い飛ばした。もちろん冗談のつもりではあったけれど、それなりに本気で、そんなことがあったらどうしよう、うは。などと考えてしまったユキは、気まずさを隠すように一緒になって笑うしかなかった。

「それは少し大変ですね。彼は有名人ですから、辻褄《つじつま》を合わせるために世界を変えなければならなくなります。その規模のときめきをご所望なら、この瓶が必要ですね」

そう言いながら、販売員は車内の戸棚からやたら厳重なガラスケースに入った小瓶を取り出した。瓶の中の液体は深い琥珀《こはく》色で、妙な高級感があった。貼られている値札を見ると、すごい数のゼロが並んでいる。桁を数えていると、販売員が「十二億四千万円です」と先に答えた。額が大きすぎて、苦笑いするしかない。

「十二億って、なんの冗談？」

「著名な方ご本人を家に呼ぶとなると大変なのです。が、もっとリーズナブルにときめきをご提供することはできますよ」

「へえ。例えばどんな？」

「お姉さんはご結婚されていると思いますけれども」

あ、と、ユキは自分の左手を見た。安物ではあるが、二十年前、夫と結婚したときに交換した指輪が薬指に収まっている。結婚当初はうきうきしながら身につけていたものだが、今は完全に惰性でつけっぱなしにしているだけだ。家事をするときも外さないので、すっかり傷だらけになってしまった。

「ええ、まあ」

「どうですか。日頃、旦那さんにときめくことってあります？」

「ダンナに？　ああ、それはないない。もうね、五十の普通のおじさんだもの。今さらときめきなんてそんな」

「その旦那さんの姿が、お好きなアイドルに変わるとしたらどうです？」

「は？」

「もちろん、旦那さんが他人と入れ替わるわけではありません。あくまでも、お姉さんの目にはそう見えるようになるだけです。旦那さんは旦那さんのままですが、見た目や声はアイドルそのものになりますから、おかえり、なんて言われたら、ときめいてしまうんじゃないですかね」

「そんなの無理無理無理。うちのダンナとジュダとじゃ、素材からなにから違いすぎて」

「いいですか。あくまでも、お姉さんの目にはそう映る、というだけですから、旦那さんの実際の姿は関係ないんですよ。でも、お姉さんにしてみれば憧れのアイドルに見えるわけですから、ときめくこと請け合いです」

　そんなまさか、と思うけれども、優しそうな「ときめき販売員」の言葉は、まるで魔法とか催眠術のようにするりと頭の中まで染み込んでくる。

「でもまあ、遠慮しとく。そんなことありえないし」

「いえいえ、効果は保証しますよ。きっとご満足いただけると思います」

「つっても、十二億円じゃあねえ」

「ああ、そのくらいのときめきでしたら、一番安いこちらで十分です」

　ときめき販売員が差し出したのは、例のピンク色の液体が入った小瓶だ。看板に、「5000yen ～」という表記があるのだから、一番安いというそれは、五千円するのだろう。得体のしれない液体に五千円はさすがに出しづらい。

「いや、やっぱり――」

「もう閉店時間なので、少しお安くできますよ。三千円でいかがでしょう」

「三千円？」

「実は、今日は一つしか売れなかったので、このままだと帰りづらいのです」

販売員はにこやかで人当たりもいいけれど、じわじわとユキを囲い込み、引き込んでいくような話術があった。ここまでしゃべっておいて、そんなものいらない、と言い出しにくい空気を作られてしまって、断りづらいったらない。泣き落とし戦術も、ユキには有効だった。困っている若い男の子を見ると、母性が強めに働く。

「じゃあ、それ一本、もらおうかな」

「ありがとうございます」

現金で三千円を受け取り、にっこりと微笑んだ販売員が、瓶のふたを軽くひねって開栓し、恭《うやうや》しく差し出した。説明に従って、夫とジュダの顔を交互に思い浮かべながら、その二つの像が重なっていくようなイメージをしつつ、「ときめき」を一気に飲む。量は、女性向けの栄養ドリンクくらい。味は、フルーティで悪くない。

「いいときめきを感じてくださいね」

液体を飲み干して顔を下ろしたところに、ちょうどハルが戻ってきた。娘は嬉しそうに買ってきたグッズを見せてくるのだけれど、妙に上《うわ》の空《そら》になってしまう。体の奥がふわりと熱くなって、胸の辺りが妙に落ち着かない。飲み終わった小瓶をどうしようかと後ろを振り返ってみたのだけれど、「ときめきＳＨＯＰ」はなぜか煙のように消えてしまっていた。えっ、と驚いたものの、娘がいる手前、あまり深いことも考えられず、腑に落ちないまま帰路についた。

幻でも見たのだろうか。

でも、ユキの手の中には空の小瓶が残っていた。

3

「あのさ、悪いんだけど、タオル、取ってもらえる？」

「た、タオルね、わかった。待ってて」

お風呂場からユキを呼ぶ声がしたので向かうと、半開きになった浴室のドアから、ジュダが顔をのぞかせていた。筋肉の陰影が美しい体が半分あらわになっていて、あまりにも、あ、ま、り、に、も、眩《まぶ》しい。心の中で、「無理無理無理無理」「ヤバイヤバイヤバイ」と、壊れたスピーカーのように連呼してしまう。動揺を表に出さないよう必死に平静を装いつつ震える手でタオルを差し出すと、濡《ぬ》れ髪が最高にセクシーなジュダが、「悪い」「ありがとう」などと言う。その瞬間、心臓が圧縮されてゴマ粒ほどの大きさになった気がした。「胸きゅん」と言うにはかかる圧力が強すぎる。「胸ギューン」くらいの感じだ。

日常の中に〝推し〟がいる生活は、想像を絶するほどのときめきに満ちていた。話す内容だったり、一日の行動だったりは夫のままなのにこれほど違うのか、と感動すら覚える。ユキが朝起きると、スーツ姿のジュダがダイニングでコーヒーを飲みながら経済紙を読んでいて、夜、帰宅すると、ユキが作った夕食を食べる。「お、おいしい？」と緊張しながら聞くと、言葉少なではあるけれども、「うまいよ」とうなずいてくれる。それだけで全身が震えるほど嬉しくて、下手な手抜き料理は作れない、などと妙に気合が入った。夫のほうが忙しいとはいえ共働きなのに炊事をすべて任されるのは不本意、といつも思っていたのに、現金なもので、今はそんな不満などみじんも感じなくなった。

風呂上がり、タオル一枚を腰に巻いたジュダがキッチンまできて、水を一杯飲む。それは夫の習慣で、いつもなら「着替えてからにしなよ」と苦言を呈したくなるところだけれど、もう、思う存分飲んでとしか言えない。むしろ、上気したギリシア彫刻の如き肉体を拝ませていただきありがたき幸せ、と、感謝してしまう始末だ。

一事が万事こんな状態なので、夫に対するユキの態度は、あからさまに変わりつつある。でも、「夫が推しアイドルに見えている」ということを悟られるわけにはいかない。ときめき販売員の説明では、その事実を他人に打ち明けたり悟られたりすると効果がなくなる、とのことだった。また、ジュダ以外の人に対してときめきを感じたときも、効果はなくなってしまう。もともと、ときめきなどとは縁遠い日常だったし、黙ってさえいれば夫はいつまでもジュダのままでいてくれるだろう。娘に全部ぶちまけて自慢しまくりたくもなるのだけれど、鉄の意志で我慢しなければならない。穴を掘って「王様の耳はロバの耳！」と叫びたくなる気持ちも、今なら理解できる。

「今日も、出かけるのか」

「あ、うん、ちょっと走ってくる」

風呂上がりのジュダを脇目に、ユキはランニングウェアに着替え、手首にスマートウォッチをつけた。娘が生まれてからは運動らしい運動はしていなかったのだけれど、最近鏡を見て、少し痩せなければ、と思うに至ったのだ。アイドルの姿になった夫と並ぶと、自分の体のだらしなさが目立って鬱々とした気分になるし、家の中でずっと一緒にいると心が落ち着かなくなってきて、寝る前には一度心頭滅却《しんとうめっきゃく》せねばならぬので、夜のランニングに出るようにしたのだ。

贅沢極まりない悩みだけれど、〝推し〟のいる生活は、息を抜く時間がなくなるのがなかなかしんどい。寝転がってテレビを見る姿も見せられないし、すっぴんにだるだるの部屋着で歩き回ることもできなくなった。ときめくのも体力を使うし、美容や化粧にも気を使わなければならなくなって、最近は自然と、ストイックな生活になってきている。

「結構、続いてるな」

「うん、その、ね。歳取っても、きれいって思ってもらいたいでしょ」

ユキが冗談めかしてそういうと、クールなジュダの表情がほんの少しだけ動き、口元にほのかな笑みが浮かんだ。中身が夫だとわかっていても、顔面に破壊力がありすぎる。コンタクトレンズが割れそう。

「頑張ってな」

ほんとに胸元で「ずきゅん」という音が聞こえた気がして、ユキは二、三歩後ずさりをした。ダイニングテーブルに手を置いてなんとか姿勢を保ったものの、スマートウォッチが突如警告音を鳴らした。何事かと見ると、「非アクティブ状態で、心拍数が 120bpm を超えました」というアラートメッセージが表示されている。ちがう、これは心臓の異常じゃなくて、などと機械に向かって言い訳をしながら、ユキは慌てて部屋の外に飛び出した。

4

ハルを車で駅に送り届けると、ユキは駅前ロータリーをくるりと回って、真っすぐ家に引き返す。

娘は、韓国・ソウルで開催されるＹＸＯのコンサートのライブビューイングに出かけていった。本来ならユキも一緒に行くところなのだけれど、今日は娘一人で送り出すことにした。理由はいくつかある。一番大きな理由は、もちろん家にジュダがいるからだ。歌って踊って、というステージ上での彼の姿を見ることができないのは残念だが、中身は夫であるとはいえ、間近でジュダの顔を見ていられるのは、ユキだけに与えられた特権だ。自宅でジュダを独り占めする時間は、何よりも至福のときなのである。

もう一つの理由は、ＹＸＯの他のメンバーを見るのが怖いからだ。ユキの推しがジュダなのはゆるぎない事実であるとはいえ、ソルとレムの二人も甲乙つけがたい完璧なアイドルである。ダンスも歌もうまい。スタイルもいいし、比類なきエンターテイナーだ。でも、もし二人を見て迂闊《うかつ》にもときめいてしまえば、我が家のジュダは、元の夫に戻ってしまう。それはなんとしても避けたかった。

「ただいま」

「おかえり」

部屋に戻ると、ジュダ――夫がソファに座り、のんびりとテレビを見ていた。夫に「おかえり」と言ってほしくて、最近は部屋に戻ると、「ただいま」と自分から言うようになった。正確に言うと、ジュダに「おかえり」と言ってもらうために、夫に「おかえり」と言わせるにはどうするか、と考えた結果だ。最初こそ複雑な顔をしていた夫だけれど、最近はちゃんと「おかえり」と返してくれる。

「ハルは、何時頃帰ってくるんだ」

「今日は一緒に行った高校のお友達の家にお泊まりさせてもらうみたいだから、帰ってくるのは明日かな」

「そうか。じゃあ、久しぶりに、二人で少し飲まないか」

「え？　お昼から？」

「取引先の人にワインを頂いたんだ。いいやつだから、一人で飲むのももったいないからさ」

夫と二人、対面でお酒を飲むなんて、ずいぶん久しぶりのことだった。元の姿の夫に言われたら、ええ、わたしはいいよ。一人で飲んだら？　などと笑って断っていたかもしれない。会話も持たないし、夫の仏頂面を見ているのも疲れる。けれど、ジュダの誘いだったとしたら、断れるファンなどいるだろうか。いるわけがない。ユキは、いいね、などとうなずきつつ、雷に打たれたように立ち上がってダイニングテーブルの準備を始めた。

キッチンでは、珍しく夫がなにやらつまみのようなものを作っている。生ハムとか、オリーブとか、市販のものを組み合わせただけのものだけれど、自分から料理をする姿を見たのはいつぶりだろう。そういえば、最近は前よりも積極的に家のことをやるようになった気がする。

ほどなく、ダイニングテーブルには、簡単なおつまみとワイングラスが二つ並んだ。

「当たり年のワインだから、やっぱりうまいな」

「そ、そうだね」

ワイン好きの夫が講釈など垂れつつ、赤い液体を口に含む。グラスの中でワインをくるくる回し、少し香りなど嗅ぎつつ飲む、という飲み方は、いつも「きどっちゃって」などと苦笑しながら見ていたのだけれど、これをジュダがやると破壊力が違う。リビングの窓を開けて、「エレガントー！」と全力で叫びたくなるくらいだ。ユキはユキで、ジュダと見つめ合っているせいか、アルコールの効きがが超特急だった。まだ一杯目の半分なのに、もうほっぺたがホカホカしてきている。

「昔は、こうやってよく飲んだよな」

「う、うん。昔は、ね」

夫と出会ったのは、社会人になって一年目、二十三歳の頃のことだ。出会いは、なんてことない、夫の友達がセッティングした合コン。証券マンの夫は当時二十八歳だった。同年代の男性よりは年収が高かったからか、地味な性格ではありながらも都会の遊び方には結構慣れていて、表参道《おもてさんどう》の小洒落《こじゃれ》たレストランだとか、都内の夜景スポットだとか、そういう場所をよく知っていた。ユキは、地方の大学から就職で上京したばかりで、ようやく〝ギャル〟から卒業し、都会の大人女子の世界に一歩踏み出したところで、「落ち着いた大人の男」に見える夫に好感を持った。夫は夫で、地方からやってきたてで、ちょっとトボけたユキを気に入ってくれたようで、いつの間にか、交際が始まった。

二年ほど交際してから、ユキは夫にプロポーズされた。ホテルの高層階にあるレストランで食事をした後、夫はユキをホテルの敷地内の一角、東京湾が見えるベンチに連れて行った。並んで座って、夜景を見ながら少し話をしたのだけれど、冬場の夜だったので、これがまた寒い。もう、その時には、夫の意図も透けて見えてしまっていたので、もう、早いとこ「結婚しよう」って言ってよ、などと思っていた。

でも、きらきら光る東京湾の夜景はやっぱりきれいだったし、夫がユキの前にひざまずいて婚約指輪を箱パカしたときは、さすがに胸がきゅんとなった。段取りは悪かったし、ドラマのようなスマートさはなかったけれど、ユキの人生にもこんなイベントが訪れるんだなあ、という感慨があったのだと思う。自分が特別な存在だ、なんて思えたのは、後にも先にもその瞬間だけだ。

「どうした？」

「え？」

「なんか、ぼんやりしてる」

「あ、ごめん。久しぶりに飲んだから効いちゃったのかな」

夫はお酒のせいか、若い頃の思い出話をいつもより饒舌《じょうぜつ》に語る。ユキと夫が、ともに二十代だった頃の話。

付き合っていた頃や新婚の頃は、夫と一緒によくお酒を飲んでいた。でもそれは、目の前にいるジュダとではない。家にジュダのいる生活が始まったのはつい最近で、ユキは、一緒にお酒を飲んだという過去をジュダとは共有していない。過去の記憶を他人の口から聞かされているような感じで、「ときめき」を飲んだせいで夫がジュダに見えているだけ、という理屈は理解しているのだけれど、心がそれを呑み込めずに感情の行き所を見失ってしまっている。娘がよく言う「脳がバグる」とはこういうことか、と、ユキは指でこめかみを軽く撫でた。

目の前にいる人を、ユキは誰だと思っているのだろう。夫か、夫じゃない人か。夫がかっこよくなった、と考えているのか、夫という存在を別の誰かで上書きしようとしているのか。自分でもよくわからない。

別人の顔、別人の声になっていても、中身である夫が少し楽しそうにしているのはわかった。同時に、ユキにとっては、目の前にいるのがジュダではなく夫なのだ、という現実を何度もたたきつけられている感じがする。

だからって、このときめきには勝てんのよ。

夫に対するほのかな罪悪感は抱きつつも、本来、近づくこともままならない、遠い世界にいるアイドルが手の届きそうなところにいるという現実の前では、理性などわりと無力だった。ユキの主観は人にはわからない。言わなければ誰にも知られることはないし、知られた時点でなかったことになるのだ。不義を働いているわけでもなく、誰にも迷惑はかかってなどいないし。だって、こんなにときめいたのなんか、いつ以来だかわからない。むしろ、人生で初めての経験かもしれない。毎日胸がきゅんとなって、毎日がときめきの連続。夫の話すあまり面白くない話でも恋の歌のように聞き惚《ほ》れてしまうし、あまり美しくないナイフとフォークの使い方も、かわいいな、と簡単に許せてしまう。なんの彩りもなかった平凡な生活が、一気に刺激で満たされていったのだ。

「もう一本開けるか？」

「いや、なんかもう、ちょっとぐるぐるしてきちゃった」

一時間半ほどで、ワインボトルが二本空いていた。ジュダを見つめすぎないようにしようとすると、間を埋めるためについついワイングラスに口をつける回数が増える。結果、いつの間にかかなり酔いが回って、視界がぐらぐらしだしていた。心地よい酩酊感《めいていかん》。ジュダが、少し横になれば？と、優しいことを言ってくれるので、ユキはお言葉に甘えることにした。自分の寝室に行って、ベッドの上に身を投げ出す。キッチンからは、洗い物をする音が聞こえてきた。こんな幸せがあっていいのだろうか。ジュダとお酒を飲むことができて、片づけまでやってもらえて、ベッドでうとうとできる。

「水、いるか?」

洗い物を終えたジュダがやってきて、ユキにミネラルウォーターのペットボトルを差し出してくれた。思うように動かない頭と体をなんとか起こして、水を受け取る。力が入らなくて、キャップが開かない。

「開けられない」

「しょうがないな」

すらりとした手が、いとも簡単にペットボトルのふたを開ける。前腕に浮き出た血管がセクシーだ。渡してもらった水を一口飲んで一息つくと、ユキの目と、ジュダの目がぴたりと合った。ジュダは、どこまでも深い目でユキを真っすぐ見つめたまま、するりと距離を詰めてくる。部屋に漂う空気に、ユキはようやく我に返った。ジュダの姿をした夫は、ベッドの上を這うようにして近づいてきて、ユキの上に覆いかぶさった。水がこぼれる寸前で、なんとかベッド横のキャビネットにペットボトルを置く。いやちょっと、待って、と言おうとしたけれど、声にならなかった。これはその、そういうことだよね?

「待って」

絞り出すように吐いた言葉でも、ジュダの行動は止められない。これは、どうなんだろう。まずいのではないか、と、頭がぐるぐる回り出した。夫婦なのだからセックスに発展すること自体は問題ない。ただ、そうなのだとしても、夫と寝床を別にしてから十年、いわゆるセックスレスの状態が続いてきたのだ。もう、男性と触れ合う感覚を忘れていて、どうしていいかわからない。

夫とレスになったのには、明確な理由はない。娘が生まれてから育児に時間を取られて、夫と過ごす時間が急激に減ったのが発端だったと思う。元々、ユキがさほどスキンシップ好きではなかったということもある。娘が一人で寝られるようになると、ユキも夫と寝室を分けた。子育てをしているうちに少し神経が過敏になったのか、夫の寝息やいびき、気配が気になって眠れなくなったからだ。

寝室を別にして体の関係がなくなっても、夫は何も言ってこなかった。ユキはユキで、自分から誘いに行く気にもなれず、そのまま十年、触れることも触れられることもなく過ごしてきたのだ。今さら急にこんな状況になっても、どうしていいかわからない。

ジュダが、真剣なまなざしでユキを見る。それだけで、心臓が喉からはみ出してきそうなほど胸が高鳴る。ずっと眠っていた欲求とか感情が揺り起こされて、触れてみたい、触れられてみたい、という衝動が体の奥から噴きあがってきた。同時に、推しアイドルという不可侵領域、崇拝の対象と関係を持つことへの拒絶感と、これは実質的な浮気なのではないか、という罪悪感がくちゃくちゃになって、わけがわからなくなっていく。

もし、このまま事に及んだとして、そのあとユキは、夫もジュダも、両方とも失ってしまうかもしれない。どちらの顔もまともには見られなくなって、誰にも打ち明けられない罪悪感に一生苛《さいな》まれて。どうしよう、どうしよう、と焦るのだけれど、アルコールのせいか、頭がぼんやりとして考えがまとまらない。そうこうしているうちに、ユキの鼻先には神々しきジュダの顔が迫っていた。

ユキは思わず、目をつぶる。

どすん、と、夫の体重がユキの上に乗る。ジュダの顔は、ユキの顔の横に逸《そ》れて行って、唇が触れ合うことはなかった。そのまま、夫は動こうとしない。ユキが硬直していると、静かな寝息が聞こえてきた。もう、勘弁してよ、と、ここ最近感じたことのない動きで胸を叩く心臓を、懸命になだめる。

5

朝、少し寝坊して起きると、家に夫の姿はなかった。パジャマ姿のままリビングで寝そべってスマホをいじっている娘に「パパは?」と聞いたのだけれど、さあ、という気の抜けた声が返ってくるだけだった。ユキが、なによ、行き先も聞かなかったの? と少し苛立つと、娘はスマホを置いて、にやにやしながらユキを見た。

「気になる?」

「気になるって、なによ」

「最近さ、仲いいよね、パパと」

「え? 別にいつも通りだよ」

「そんなことないよ。なんか、たまにじっと見てるときあるもん。二人とも」

「気のせいだって、そんなの」

「だって、最近YXOのコンサートも行かなくなったじゃん。あんなにジュダがー、って騒いでたのに」

「それは、ちょっと家を放って外に行きすぎたかな、って反省したから」

「休日は、パパと一緒にいたい、とか？」

「そんなんじゃないってば。別に、そんなベタベタした感じ、ないからね」

「ねえ、なんで？」

「なんで、ってなにが？」

「仲いいことはいいことなのにさ、なんでそんなに仲よくないアピールすんの」

それは……、と、ユキは口ごもる。そりゃ、五十のおじさんを相手に、ぴっちぴちのアイドルを愛《め》でるときと同じ態度を取るのは無理だし、恥ずかしい。でも、言われてみれば確かに、なんで恥ずかしいかはわからない。

「仲よくしなよ、夫婦なんだからさ」

「わかったようなこと言って、あんまり大人をからかわないで」

娘が、からかってない、と口をとがらせたときだった。玄関ドアが開いて、廊下を誰かが歩いてくる音が聞こえた。夫だ、と、リビングの入口に目を向けた瞬間、どうしたのこれ、と、ユキは思わず悲鳴に近い声を上げた。我が家のジュダが、大きな花束を抱えている。なにか賞でも受賞したかのような一抱えもある花束を渡されて、ユキは完全に、ぽかん、と思考停止してしまった。

「いつもありがとう」

「え、ええと」

「今日で、二十年だろ」

あ、と、ユキは呆《ほう》けたような声を出した。二十年。そっか、今日は結婚記念日だった。例年、特別なことはしてこなかったから、すっかり頭の中のイベントカレンダーから外してしまっていたのだ。結婚記念日の思い出と言えば、結婚十年目に家でピザ取って食べたくらいで、それも主役は娘だった気がする。結婚記念日を迎えても、なんか別に、今さら、ねえ。という空気が、夫婦の間にずっと横たわってきた。それがいきなり、ジュダと化した夫が花束など抱えて戻ってきたのだ。びっくりもするし、娘の前で気恥ずかしくもある。そして、やっぱり心が躍った。

「じゃあ行こう」

「行くって、どこへ?」

「いいから」

はいはい、二人で楽しんできてね、と、娘がまたにやにやしながら花束をリビングのソファに置き、後ろからユキの背中を押した。どうやら、娘も夫と一緒になっていろいろ計画していたようだ。ユキはすっぴんのまま適当な服に着替えさせられ、夫に連れられて外に出た。

そこからが、目まぐるしい結婚二十年の記念日の始まりだった。まず連れていかれたのは、近所にあるちょっとおしゃれな美容室。ヘアセットとメイクのコースがすでに予約されていて、スタイリストさんが二人がかりでユキの顔やら髪の毛やらを作り上げていく。普段は眉毛くらいしかろくに描かないのっぺり顔が、何年かぶりにくっきりとした輪郭を持った。自分で言うのもなんだけれど、五歳くらいは若返った気がする。

次に、ハイブランドほどではないけれどそこそこお高め、くらいのショップに連れていかれ、店員さんによって、トップスから靴まで全身コーディネートされた。最近、夜のジョギングを続けていたせいか、お腹周りがワンサイズダウンしていたのが嬉しい。きれいめの上下セットアップと、高すぎないヒール。長めのチェスターコートを合わせると、ずいぶん大人なスタイルになった。ユキはさながら『プリティ・ウーマン』のジュリア・ロバーツのような気分で、変身していく自分に驚いていた。

すべて整った後、写真スタジオで記念のポートレートを撮影した。夫と二人、服装のチェックのために鏡の前に並ぶ。ユキにだけ見えるトップアイドルの横に立つと、二十代の頃よりも明らかに色褪《いろあ》せてしまった自分にがっかりする。これがもし、元の姿の夫だったら、ちゃんとバランスがとれているのかもしれない。写真が出来上がってくるのは後日、ということだったけれど、その時は、写真に写るオリジナルの夫の姿も見てみたい、と思った。だが、果たして夫に見えるのかはわからない。

写真を撮り終わると、もう結構いい時間になっていた。帰って夕飯の支度をしなければ、と言うと、ジュダが悪戯《いたずら》っぽく笑って、大丈夫、とタクシーを呼び止めた。娘には夕食代も渡しているらしい。タクシーに揺られて着いたのは、ユキが夫にプロポーズされたときに訪れた、あのホテルの同じレストランだ。

高層階からの景色を見ながらのディナーは、贅沢な時間だった。ジュダにエスコートされるという夢のような一日。でも、ユキはどこかで、心から楽しめずにいた。そもそも、夫の姿をアイドルに変えることを自分の中で正当化できていたのは、夫婦としての関係がほとんど破綻していたからだ。それなのに、こんなことをされてしまったら、ユキは中身である夫と向き合わなければならなくなる。それはすなわち、夫にこれまでの経緯を告白して、夫を元の姿に戻すことに他ならない。

夫に、「ときめき販売員」の話を説明したら、どう思われるだろうか。バカな嘘をついていると思われるかもしれないし、裏切りだと怒られるかもしれない。それに、家に推しアイドルがいるという胸きゅん生活ともお別れしなければならないのだ。黙っているのも心が辛いし、言い出す勇気も持てない。ユキはいつの間にか、感情の板挟みになっていた。

「早かったな」

「今日一日が？」

「二十年」

ディナーを楽しみながら、夫がそう言った。顔や声が違っても、元の夫の表情は容易に想像できた。ユキは、そうだね、などと返しつつ、ごまかすようにメインのお肉を口に運んだ。もはや、味なんてわからない。そんなユキの様子を、ジュダが優しい目で見ているのが痛かった。

6

「少し、話をしていこうか」

ディナーを終えてホテルを後にし、ユキの少し先を歩いていたあいかわらずジュダのままの夫が、人通りの少ない広場の先を指さした。一年で一番寒い季節、しかも目の前は東京湾。海風が吹きつけて寒いけれど、ユキは、うんいいよ、とうなずいて、コート前面のボタンをしっかりと留めた。

すらりとしたジュダの背中が向かう先は、ホテルの敷地の外れにあるベンチだ。

二十年前とは、ここもずいぶん風景が変わった。ホテル周辺は最近整備しなおされたようで、港町をイメージさせるようなウッドデッキ風の造りになっている。敷地の端には、かつてと同じ場所に東京湾を望む二人掛けのベンチが置かれていた。夫が先に腰かけ、ユキは隣に座る。ベンチは、真ん中がひじ掛けで仕切られているタイプになっていて、きっと、ここでいちゃつくカップルが多かったのだろうな、などと邪推する。でも、ユキには、その三十センチほどの距離感がちょうどよかった。

「寒い？」

「ううん、大丈夫」

「楽しかったよ、今日は」

「久しぶりだったもんね」

「一つ、ユキに謝らないといけないことがある」

「謝る？」

ずきん、と、胸がうずく。空気が緊張して、ユキは背筋を伸ばした。真っすぐ前を向いてきらめく都会の灯《ひ》に目をやると、「ジュダの顔」は視界に入らなくなる。声はセクシーなジュダの声に聞こえるけれど、口調はよく知る夫のままだ。顔が見えないと、ぐっと夫成分が増えて、ふわふわと浮《うわ》ついていた精神が、ゆっくりと地に足をつけた。隣にいるのは、まぎれもなく、ユキの夫だ。

「俺の話は、信じてはもらえないかもしれない。でも、本当のことだ」

「そ、そう」

「先月、ハルを連れて、韓国のアイドルのコンサートに行った日があるだろ？」

「うん」

「あの日、ちょっと散歩に出たんだ。家で一人でいてもすることがなかったから。駅前の立ち食い蕎麦《そば》に行って飯を食って、帰りは川沿いの遊歩道を歩いて帰ろうとした。そしたら、変な男に出くわした」

「変な男？」

「移動販売の若い男でね。ときめきを買いませんか、と声をかけられた」

ときめき販売員だ、と、ユキは思わず息を呑んだ。

「ときめき？」

「そうだ。小瓶に入った液体を、これはときめきだ、なんて言うんだ。最初は、なんかこう、いかがわしい非合法なクスリの類かと思った」

夫の説明は、客観的に聞けばとてつもなく突飛なもので、普通なら冗談だとしか思わなかっただろう。でも、それはまさしく、あの日ユキが体験したことと同じだった。「ときめきＳＨＯＰ」と書かれた移動販売車。鮮やかな色の液体が入った薬瓶。

「五十の中年男を捕まえて、ときめきなんてバカにしてると思ったよ。中高生のおまじないみたいなものだろうとさ。でも話を聞いているうちに、どうしようもなく引き込まれた」

「どうして」

「どうしてだろうな。喉が渇いているところに、水を差し出されたような感じだった」

「で、その男の人はなんて？」

「その液体を買って飲めば、ユキを自分の理想の女性に変えられる、と言われた」

「飲んだの？」

「飲んだ」

——今日は一つしか売れなかったので、このままだと帰りづらいのです。

その一つを買ったのは、他でもない、ユキの夫だったのだ。そしてユキが夫をジュダに変えて見ているように、夫はユキのことを自分の理想の女性に変えている。一体、誰だろう。テレビで見る女優とかタレントか。それとも、夫の近くにいる誰か別のきれいな女性か。自分勝手だとはわかっているけれど、胸がえぐえぐとした。でも責められない。夫はただ、ユキと同じことをしただけだ。

「信じられないかもしれないが、あの日帰ってきたユキは確かに、俺が思い描いた姿に変わってたよ。驚いた。俺の目に映るユキの姿が変わっただけで、他はなにも変わってないってのはわかったのに、どうしようもなく心が揺れた」

「そう、でしょうね。きっと」

「でも、見た目が変わっただけじゃなかった。この一ヵ月で、俺に対するユキの言葉や態度はずいぶん変わったと思う。前は目も合わせなかったし、会話もほとんどなかったのに、日常的に会話ができるようになって、目が合うことも多くなった。本当に、俺に見えている姿だけが変わったんだろうか、と思ったくらいだったけど、そうじゃないって気づいた」

「どういうこと？」

「ユキが変わったんじゃなくて、たぶん、俺が変わったんだ。俺の言葉や態度が変わったから、ユキが変わった。俺はユキが変わってしまったと思ってたけど、俺がそうさせてたんだな」

違う、と、ユキは心の中で首を横に振った。

夫婦として二十年過ごしてくるうちに、意地を張ったり、諦めたりを繰り返して、感覚を失い、血が通わなくなってしまった部分がある。冷えて固まってしまった感情をもみほぐすことなんかお互い諦めて今に至っているのだけれど、夫もユキも、相手の見た目を変えたことで、すべてがリセットされたのかもしれない。昔、夫はこう言った、あの時こうしてくれなかった、という不満を、ジュダにぶつけても仕方ないからだ。夫もきっと、そうだったのだろう。

結果的に、それがお互いの行動を変えた。

「別人に見えてるんなら、メイクしたりヘアセットしたり、あんまり意味なかったんじゃない？」

「もう、今は元の君の姿に戻ってる」

「ときめき」によって変わった世界は、誰かに悟られたり、他の人にときめいてしまうと魔法が解けてしまう。夫が、その「ルール」を律儀に説明する。当然、それはユキも知っているが、再確認するように、きっちりと聞いた。

「どうして話したの？　言わなければわかんなかったのに」

「これは違う、と思ったんだ。その、この前、一緒に飲んだ日に」

寝室でユキに覆いかぶさった夫の重みを思い出した。夫が酔って寝てしまって未遂に終わったと思っていたのだけれど、実はそうじゃなかったらしい。夫の話によると、寸前で思いとどまり、寝たふりをしてごまかしたのだという。

「例の〝ときめき〟を飲んでユキの姿を変えようと思ったのは、新鮮な気持ちを持てたら、俺の中でなにかが変わるんじゃないかと思ったからなんだ。このまま、ハルが大人になって家を出て行ったらと思うと、その先が見えなかった。でも、あの時、姿かたちの違うユキとそういう関係になっていたら、もう二度と元には戻れなくなる気がしたんだ。外からは夫婦仲がよくなったように見えたとしても、俺の中では終わってしまう」

「そっか」

「だから、もう全部元に戻したいと思ったんだ。打ち明けるまでに、少し時間がかかってしまったけれど」

普通ならとても受け入れられないような話だけれど、ユキはすべてを呑み込むことができた。夫が、「すまなかった」と謝ったけれど、謝ってほしくはなかった。ジュダが家にいる、なんて言って浮かれてきた自分が、どうしようもない人間に思えてしまうから。でも、夫も同じことを考えていたんだ、と思うと、少し安心もできた。ユキは、もういいよ、と、夫の謝罪をやり過ごす。

「その、聞いていいかわかんないけど、わたしは今まで誰に見えてたの？」

正面を向いたまま、ユキはどうしても聞きたくなって、その質問を夫に投げた。夫がときめきを感じたのは、どんな人だったのだろう。少し躊躇《ためら》ったのちに、やがて、夫は重い口を開いた。

「ユキだ」

「は？　わたし？」

「二十年前、結婚した頃の」

思わず、ユキは横を向いて夫を見た。夫もまた、ユキを見る。夫の言葉の意味が心に染み込んでいくと、胸が、きゅう、っと引き絞られるように苦しくなった。その瞬間、目の前にいたはずのジュダは、冴《さ》えない五十代のおじさんに戻ってしまっていた。ああ、そっか、ユキは今、「ジュダ以外の誰か」にときめいちゃったのか、と、胸に手をやる。

「若い頃のほうがよかったから？」

「そういうことじゃない。思い出したかったんだよ」

「でも、二十代の頃みたいには、もうなれないよね」

「それは、俺も同じだよ。過去は過去で、今がすべてで」

「わたしなんか、太っちゃったし、老けちゃったし」

「でも、少しスリムになったよな」

「ちょっとだけね」

「努力した結果だな。つい今しがたまで、その努力の結果が見えていなかったけど」

ユキはぐっと喉が詰まって、言葉が出なくなる。

中肉中背、白髪《しらが》交じりの頭髪。そして、若干テカりが出ている顔。あのジュダとは似ても似つかない庶民派全開の夫が、「そろそろ行こうか」と立ち上がった。ユキも、その後に続く。

結婚して、二十年。さらに二十年経った頃は、もうだいぶジジイになってるだろうなあ、などと想像しつつ、愛嬌のない横顔を見る。心臓の動きは、平常運転に戻っていた。かっこいいなあ、とは思わないし、どきどきもしない。さっきの一瞬のときめきは、ユキが感じる人生最後のときめきだったのかもしれないな、なんて思う。ただ、明日からまた平穏な生活が戻ってくる気はしている。気を抜いてまた太らないようにしよう。ただいま、おかえり、の挨拶くらいは続けよう。

ユキの歩くペースなどお構いなしにずかずか歩いていた夫が、ぴたりと足を止めた。駅前にある、大きな広場。そこに、一台の移動販売車が停まっていた。ずらりと並ぶ、薬瓶に入った液体。周囲の人は、そこに「ときめきＳＨＯＰ」があることなど気にもかけずに行き交っている。たぶん、見えているのは、ユキと、夫だけだ。

ときめき販売員の男がユキたちに気づいて、にこりと微笑む。そして、「もう一度ときめきをいかがですか」と言わんばかりに、手を広げ、陳列した「ときめき」をアピールする。夫は、遠い目でほんの少しの間、「ときめきＳＨＯＰ」を見ていた様子だったけれど、やがて、何事もなかったように再びずかずかと歩き出した。ユキはまた、夫を追って横に並ぶ。

「ねえ」

「うん？」

「もう一軒、寄っていこうよ」

「もう一軒？」

「バーでも居酒屋でもいいから」

「まあ、いいけど」

「わたしも、謝らないといけないことがあるから」

「え、なんだって？」

まっすぐ駅に向かっていこうとしていた夫の手首を摑んで、ユキは駅の反対方向に引っ張る。夜になって、ますます冷え込みが強まった。ユキが体をぶるりと震わせると、夫が実に不器用に自分のマフラーをユキに巻いてくれた。ほんのりとした加齢臭が興ざめではあるけれど、素敵なピアノソナタの調べが聞こえてくるような感じもした。

ビルの窓に映ったまごうことなき中年夫婦は、まあ、こんなもんか、という感じに丁度よく釣り合っている。

妻への言葉が見つからない

1

自分の意思を伝える方法はたくさんあるが、もっとも簡単なものは音声を使っての伝達だ。高度に進化した人類は言語を生み出し、音声だけではなく言葉を使って会話を行うようになった。だが、そこからさらにもう一段階上がって生み出したものが文字だ。文字によるコミュニケーションは、即時的に行われる音声伝達よりも情報が整理されていて正確性が高い。音声通信が生まれるはるか昔に書かれた文章も、時代を超えて未来の人間に届いている。手紙は空間や距離を超越し、相手に想《おも》いや情報を届けることができるツールだった。文章を書いて人に伝えるという行為は、人間だけの持つ素晴らしいコミュニケーション手段だ。

――と、和人《かずと》は思っている。

けれど、その素晴らしいコミュニケーション手段をもってしても、人に何かを伝えるのは難しい。なぜなら、個人によって知っている語彙数に違いがあり、言葉の解釈の仕方が異なり、読解力に差があって、それから――。

『わたし　は　学が　ありません　ので　わからない』
『わからないというのは、どういったところがわかりませんか?』
『ぜんぶ　わかりません』
『全部というのは、どういうことでしょうか』

『漢字とか　ただしい文のかきかた　です』
『それなら大丈夫です。一から指導しますし、手助けもしますので、頑張りましょう』

和人の仕事は、通信添削の仕事である。添削と言っても業務は様々で、暑中見舞いなどの文面の添削から、結婚式の挨拶の提案、子供の作文の書き方の指導まで、受ける仕事は様々だ。いわゆる在宅ワークであり、依頼者と顔を合わせることはない。通常はメールでのやりとりで文章の添削を行うのだが、オプション料金を払ってもらって、チャットで書き方指導を行うこともある。今日は久しぶりのチャット対応なのだが、よりにもよって、相手はまともにタイピングもできない老人だった。おそらく、慣れない手でちまちまキーを叩いているのだろう。一言言葉を交わすのにやたら時間がかかる。チャット対応は時間制なので商売としてはいいのだろうが、会話がトントンと進んでいかないのはかなりのストレスだ。なんでまたこんな客を引き受けなきゃいかんのかと、青空に向かってスプーンを全力で放り投げたい気持ちになる。

『今回、つねみちさんが書きたいものは、どんな文章ですか？』
『てがみ』
『どなたに宛てたものですか？』
『かない』

なるほど、と、それだけでだいたいの事情を察する。老年の男性が自分の妻に手紙を書くのは、おおよそ、結婚の周年記念日かなにかだろう。日頃、言葉にできない感謝を込めた手紙をしたためよう、という発想なのだろうが、だいたい、その頃には長年の不満の蓄積で妻側がとっくに冷めきっていて、男の変なロマンチシズムをてんこ盛りにした手紙などは失笑を買うだけだ。結婚して何十年もたってから急に妻を大事にしようとしてもだいたい遅い。やめとけ、と思いつつも、仕事はこなさなければならない。

『すでに、自分で手紙は書いてみましたか?』

一つ、問いかけると、またとてつもなく緩慢なテンポで文字が打たれる。入力ミスをして、またやり直し、変換ミスをして、諦めてひらがなで打ち直す。幼児の歩みのようにたどたどしく文字がつづられていく。

『かずせんせえ　わたしは　てがみ書いたこと　いちどもありません』

一度もないのかよ、と、和人はパソコンに向かって思わず吐き捨てた。こいつは厄介だ、と肩を落とす。

2

仕事が終わると、もう外は暗くなっていた。和人は腹の底から深いため息を一つつき、部屋のど真ん中に寝転がって目を閉じた。起きる気力はないが、精神に反抗するように腹が鳴る。仕事をして飯を食っていかなければ生きていけないというのはわかっているが、和人にとってそれは心を削って体を維持するという不毛な作業だ。いずれ死ぬのが決定しているのに、なぜ人は働いて飯を食わないといけないのか、と思ってしまう。

まぶたを閉じて視界をふさぐと、添削した数々の文章が思い浮かんだが、今日はどれも驚くほど文章のレベルが低かった。何を言っているか論旨がわからないもの、言葉の誤用、果ては主語述語さえまともにわからない文章もある。それが子供の文章というならまだしも、社会的地位もあるだろう五十代のおっさんとか、誰もがその名前を知っているような有名大学の現役学生もいたのだ。たぶん、おっさんは「以心伝心」などと言って言葉や文章にするのを怠けてきたのだろうし、学生は、「空気を読む」という文化に慣れきっている上、メッセージアプリで短文、なんならたった二、三文字で用件を伝えることが日常になってしまっていて、理路整然と文章を組み立てて誰かに何かを伝えるという経験をほとんど積んでいないのだろう。文章添削サービスが盛況なのも考えものだ。

極めつきは、チャット対応を希望したあの「つねみち」という名前の老人だった。今回は、ほぼ状況の聞き取りだけで終わってしまったが、年齢は八十歳近くで、中学卒業してすぐに家業を継いだために勉強らしい勉強はほとんどしておらず、誰かに手紙を書いたことなど一度もない、ということはわかった。ただ、今回、どうしても妻に手紙を書きたいということで、何を書けばいいのか一から教えてほしい、という依頼だ。かなり回を重ねる必要がありそうで、料金も通常より少しかかりそう、と伝えたが、それは構わないという。

やれやれ、と思いながら目を開けて、ようやく私生活に戻る。天井には、いまどきあまり見ない真っ白な色の照明が一つだけ。光がやたらと目に刺さる。六畳一間の部屋にはこたつテーブルと万年床が置かれているだけで、仕事道具はテーブルの上にぽつんと置かれたノートパソコン一台。テレビやオーディオ、趣味のものは何もなく、最低限の着替えはコインランドリーから戻ってきたまま、部屋の隅っこで山を作っている。

洗濯ものの山の中から靴下を引っ張り出して履き、上下スウェットにくたびれた安いダウンジャケットを一枚はおって外に出る。真冬の風は肌に刺さるが、靴を履くのが面倒で、雪が降らない限りはサンダルをつっかけるだけだ。重い体を引きずって夕飯の香りが漂う住宅街を抜け、表通りのコンビニへ。買うものはいつも決まっている。チューハイを一缶、栄養バランスという概念のなさそうな米と肉のみの弁当に、小さなカップラーメンを汁物代わりに一つつける。一日の食事はそれがすべてだ。四十手前の男の食事としてはみすぼらしいものかもしれないが、うるさい腹を黙らせることができればそれでよかった。

かごに入れた品物をレジに持っていく。「レジ袋は――」という店員の問いに、いつも持っている布のバッグを見せ、スマホに表示したバーコードを差し出して会計する。感情がまったくこもっていない「ありがとうございました」に送り出されて、後は、来たときとまったく同じ道を引き返す。一日の中で、部屋の外に出るのはこの十五分弱だけだ。

今日も、ただの一言も声を出さずに一日が終わる。

文章添削の仕事はサービスを提供している会社に登録するだけで社員として所属する必要はなく、客と顔を合わせることもない。報酬は決して高いものではないが、人としゃべらなくてもいい、という点では、人と接したくない和人向きの仕事だ。

仕事をこなした後は、こたつテーブルでコンビニで買ってきた酒を飲みながら無感情に黙々と飯を食い、ほのかな酔いに任せて万年床に横たわる。まだ寝るには早すぎる時間だが、やることも金もないのでこうするしかない。できるだけ早く眠りに落ち、そのままできるだけ遅くまで寝ていたい。きっと、願いはかなわず、かなり早く目覚めてしまうだろう。明日の仕事は午前十一時からだ。ぽっかりと空いた数時間もの人生の穴をどう過ごすのか、まだ答えは見つかっていない。

3

河野常道《こうのつねみち》は、かすむ目を指で揉みながら、低い呻《うめ》き声のようなため息をついた。来年で八十という年齢もあって、一時間も目を凝らしてスマホをいじると、目がかすむし、肩や腰が悲鳴を上げる。昨今、インターネットだ、やれスマホだ、と、次々新しいものを押しつけられているが、大抵のものが性に合わなくて困る。息子の嫁がディジタルに詳しいのでたまに教えてもらいはするのだが、もともと興味がないせいもあって一向に上達はしないままだ。まず、息子の嫁の説明は言葉がわからない。インストロールだ、ウイルスだ、と言われても、なんのことやらさっぱりで、頭に入れるのも一苦労だった。

常道が苦労してスマホなどと格闘しているのには、わけがあった。

もうすぐ、妻の七十七回目の誕生日がやってくる。結婚してから毎年、誕生日には行きつけの寿司屋に連れて行くのがプレゼント代わりだったのだが、三年前に家で倒れてからは施設に入居してしまい、それもできなくなった。去年、一昨年と何もしてやれなかったが、今年は何かプレゼントを、と考えた挙句、思いついたのが手紙を書くことであった。

だが、これがそう簡単にいかなかった。はじめは普通に手紙くらい書けるだろうと思っていたのだが、便箋やペンなど一通り用意し、いざ机に向かってみると、最初の一文がまったく頭から出てこない。とりあえず、拝啓――、と書こうとしたが、「拝啓」という漢字がわからずに辞書を引く体たらくであった。思えば、最後に文章を書いたのが何年前かも覚えていない。やったこともないのになぜ書けると思い込んでいたのかもわからないが、実際に筆を執ってみるまで、まさか手紙も書けないなどとは思いもよらなかった。

これは、ちゃんとした先生にでも教えてもらわねば到底書けぬぞ、と思ったわけだが、地元のカルチャースクールには手紙の書き方講座などという教室はなく、本を買ってこようにも、活字を読むと思うだけで挫折してしまい、途方に暮れた。そこで頼らざるを得なくなったのが、よくわからないインターネットという代物だ。聞くところによると、インターネットをどうにかすると、手紙の書き方の先生が画面越しに教えてくれるのだという。

息子の嫁にいろいろ準備をお願いし、なんとかスマホで先生と一対一でやり取りできるようにしてもらったのだが、先生との話の内容を見られるわけにはいかず、そこからは独力でなんとかせねばならなかった。「ちゃっと」と言われてもまったくもって勝手がわからぬし、まだ文字の打ち方をようやく覚えたところで、若い人のように軽やかに指を動かして文字を打つような芸当はとてもできない。人差し指が右往左往しながら打ちたい文字を探し、何度か間違って、消しては打ち直す、ということの繰り返しになった。教えてもらえる時間は一回につき一時間だったが、今回は「何をしたいのか」という問いに、「手紙を書きたい」と答えるところまでしか話ができず、続きはまた次回、となってしまった。こんな調子では、いつになったら手紙が仕上がるのかわかったものではない。

「手紙一つ書くのが、こんなに大変とは思わなんだな」

冷めきってしまった茶をすすり、しびれた足をさすりながら立ち上がる。風呂でも入って横になるか、と独り言を吐いたが、後ろ髪を引かれるような思いがして、卓袱台《ちゃぶだい》を振り返った。スマホの横に置いたままの真っ白な便箋が、恨めしそうに常道を見ている気がした。

4

『手紙を書くときは、手紙の基本的な構成に沿って書きます』

『わかり　ました』

件《くだん》の老人とのチャット通信添削二回目、和人は手紙の構成を説明することにした。まず、冒頭に「拝啓」などの頭語を入れ、次に時候の挨拶を入れる。「さて」と起こしてから本文で伝えたいことを述べたのち、結びに、相手の健康を祈る、お礼を述べる、などの言葉を添える。結びの後には、冒頭の頭語に対応する結語を入れる。「拝啓」であれば「敬具」だ。最後に、日付や署名といった後付を入れる。もちろん、もう少し簡略化したり砕けた書き方をしたりもするが、おおよそ、基本構成というのはこういったところだ。

人にものを伝えるには、構成とストーリーが必要だ。結婚式のスピーチでも、お葬式の弔辞でも、ビジネスの場でのプレゼンでも、政治家の演説でもそうだ。原稿があるなら、ちゃんと目的に応じた構成を作る。手紙の場合はフォーマットがおおよそ決まっているので、老人に考えてもらうのは、その中の本文のパートがほぼすべてになる。文例などを見せながら、次回までに奥さんに伝えたいことをいくつかまとめておいてほしい、と伝えた。

『かずせんせいは　どこで　文章のかきかた　おぼえましたか』

唐突に、老人が三分ほどかけてその一言を入力してきた。時間をかけてまで質問することか、と思ったが、無下にもできないので、「前職がいろんな原稿を書くお仕事でした」と伝えた。

和人の前職は、スピーチライターだ。日本ではあまり馴染みがない仕事だが、アメリカ大統領の演説の原稿を若いスピーチライターが手掛けている、という話が世界的に広まって、一躍注目されるようになった。日本でも、首相の演説はスピーチライターが原稿を書いていることが多い。和人が主に手掛けていたのは、企業のトップの講演やPRスピーチなどの原稿だ。「ビジネス系スピーチライター」とも言われる。

元々、ある企業の広報部にいた和人は、社長の会見時の原稿などを手掛けるようになり、そこからスピーチライターとしてのキャリアをスタートした。若手社員だった和人にその大役が回ってきたのは、理系出身者ばかりの社内で、文章を書けるのが和人くらいしかいなかったからだった。和人は高校時代に演劇部に所属してずっと脚本を書いていたこともあって、文章を書くことに慣れていた。和人が組み立てたスピーチは社長の口を通して世間に発表され、メディアでも大きく取り上げられた。簡潔で、強くて、そして人に刺さる言葉。和人の会社はベンチャー企業だったが、社長はカリスマ起業家として一躍有名になり、メディアへの出演依頼が殺到、時の人となった。会社の業績も右肩上がり、和人がスピーチライターとなってから三年で上場を果たすまでになった。

その成功があって、他社からも和人に原稿依頼が舞い込むようになり、和人は退社してフリーランスのスピーチライターとして活動を始めた。顧客の中にはグローバルな市場で活躍するトップ企業も少なくなかった。和人の原稿から生まれた「名言」が、ビジネス誌の一面を飾ることもあった。

もちろん、それがすべて自分の手柄だった、とは思わない。スピーチ原稿というのは、誰が書くか、よりも、誰が読むか、というほうが大事なのだ。和人の原稿を、和人自身が読んだところで誰も振り向いてはくれないだろう。企業トップのカリスマたちが発する言葉であるからこそ、和人の考えた言葉が活《い》きる。人を感動させ、メディアがこぞって報道し、企業の価値を上げたり、製品の魅力を倍増させたりする。

ただ、結局その仕事は辞めてしまったのだが。二年前に。


『なるほど　とても　お話　わかりやすいです』

また、たっぷり時間を取って、老人がメッセージを寄越《よこ》した。雑談するのはタイピングの練習をしてからにしてくれ、と、悪態をつきたくなる。変に時間が空くと、余計なことを想い出してしまっていけない。

5

「ねえ、和くん、明日、大丈夫？」

二年前まで、和人は都内のマンションに家族と暮らしていた。その日も、和人は家族が寝た後に自宅の真っ暗なリビングで仕事をしていたのだが、背後から突然声をかけられて驚いた。振り返ると、妻の「フミちゃん」が、リビングのドアを開けた隙間から顔を覗かせていた。反射的に笑顔を作って、大丈夫、と答えた。

「もう三時だよ？　明日八時半に出るのに」

「ああ、うん。もうちょいで終わるから、すぐ寝るよ。フミちゃんこそこんな時間に」

わたしはトイレだから、と、フミちゃんが両手でほっぺたを隠して、やだ恥ずかしい、と言うように首を傾けながらけらけら笑った。フミちゃんとは高校時代から知っている仲だが、大人になっても、一児の母になっても、明るいキャラクターは昔から変わらなかった。

「無理しないでね。でも、琴葉《ことは》も楽しみにしてるからなあ」

「行かない、なんて言ったら大変なことになるでしょ？」

「そりゃもう。一生口きいてくれなくなると思うよ」

フミちゃんがまたけらけら笑いながら和人の背後に回って肩に手を置き、両手でツボとは見当違いのところをくいくい押した。和人は、いたたた、と、思わず悲鳴を上げた。

フリーランスの仕事に休日という概念はあまりないが、明日は娘の琴葉の五歳の誕生日で、親子三人で〝千葉県浦安市舞浜《うらやすしまいはま》の夢の国〟に行く予定を入れていた。最近は激務でほとんど家族サービスなどできなかったこともあり、久々のお出かけを琴葉はかなり楽しみにしているらしい。正直、休んでいる暇がないくらい仕事は詰まっているが、子供に仕事だからという言い訳は利かない。和人は、もう一度、大丈夫、と言うように、フミちゃんの手に自分の手を添えた。

「なんかさ、久しぶりだよね、わたしたちも」

「ん？」

「結婚前に、デートで行ったとき以来」

「確かに」

「もう覚えてないでしょ？　五年も前だし」

「そんなわけない。フミちゃんに結婚してくれって言ったじゃん。さすがに覚えてる」

「言ってない」

「ん？」

「お手紙はもらったけどね。僕と結婚してください、っていう」

「ああ、うん。うまくしゃべれるかわからなかったからさ」

例のテーマパークは結婚前にフミちゃんと行き、プロポーズをした場所でもある。もっとも、その頃にはフミちゃんのお腹にはすでに琴葉がいて、結婚は既定路線ではあったのだが。和人はあまりしゃべるのが得意ではないし、仕事柄、文章を書くほうが得意なので、大事な場面でぐだぐだになってしまわないように手紙を用意した。それを、テーマパーク併設のホテルの部屋で手渡したのだ。フミちゃんはある程度予想していたのか、驚いた様子はなかったけれど、それでも、手紙をしっかり読み、少し涙ぐみながら、喜んで、と言ってくれた。

「あのラブレター、まだ取ってあるからね。いつか琴葉にも見せようと思って」

「え、拷問かって。やめてよ。恥ずか死ぬわ、俺」

「だって名文だったよ。胸がきゅんとした」

やめえ、と、和人は振り返ってフミちゃんの脇をくすぐる。真夜中に、いい歳の大人が二人、小声でくすぐり合って笑った。

「またさ、ラブレターって言い方も、なんか古くない?」

「だって、プロポーズレターなんて言わないでしょ。あれはラブレター。他になんて言うの」

「ああ、まあ、言いかえるような言葉はないけどさ」

「じゃあラブレターでいいじゃないの。ラブレター・フロム・カズト」

「元ネタ古すぎない? 生まれてないよね?」

琴葉を起こさないようにひとしきり声を殺して笑ってから、和人は、さ、と、フミちゃんの腰を叩いた。

「そろそろ寝とき」

「うん。そうするけど。仕事、やっぱり大変そうなの?」

「あー、まあ。ちょっとね。なかなかいいワードが思いつかなくて」

「大丈夫だよ。あんな心にぶっ刺さるラブレター書けるんだもん。とびっきりのキラーワードが出てくるでしょ。明日、気分転換したほうがいい言葉が浮かぶかもよ」

「だといいけどなあ」

ああ、もうやめろ。

和人は、自分の頭を何度か拳で小突いて、目の前の現実に意識を戻す。

『いろいろかんがえた　のですが　かないに言いたいこと　がよくわからず』

『では、どうして手紙を書こうと思ったのでしょうか。なにか、伝えたいことがあったわけですよね？』

『そうなん　ですが、それを　ことばに　できずで』

す、す、すみ、すみま、と何度か文字が行きつ戻りつして、最終的に「すみません」という文字が表示された、和人は、うー、と、言葉にならない音を口から発して、何度か拳でテーブルを叩いた。なんかあるでしょうよ、言いたいことの一つくらい。あなたの奥さんでしょ？　と、テキストを打ち込みそうになるのを理性で抑える。

老人が「妻に手紙を書きたい」などと言うから、思い出したくもない記憶が頭の中を埋め尽くしそうになる。今はもう会えない妻と子の記憶なんて、頭から消してしまえたらいいとさえ思っているのに。

『書こうと思ったときは、どういう内容にしようと思っていたのですか？』

『いつも　ありがとう　とか』

『いいですね、感謝の気持ち。具体的に、なにか感謝したいことなどありますか？』

老人からの返信がこない。大方、何かのきっかけで妻に手紙を書こうなどと思い立ったのだろうが、普段から感謝の気持ちなどさほど持っていないから何も出てこないのではないか、などと勘繰ってしまう。身近な相手に感謝を伝えるということは、本当に難しい。それを文章にするとしたらなおさらだ。上司や取引先にお礼状を書くのとはわけが違って、定型通りの文章では相手の心にまで届かずに、表面を滑っていくだけだ。相手の心を震わせるような名文を書けとは言わないが、何か一文、たった一言でもいいから、本人の中から湧き出してきた言葉を埋め込まなければ、この手紙は書く意味がない。

『奥様とは、どうやって出会ったんですか？』
『であい』
『そうです。覚えていることを話してみてもらえますか』

スピーチライターの仕事において、原稿を書くことは仕事のほんの一部にすぎない。何より大事なのは、取材や聞き取りをして、本当に伝えるべきものを見つけ出すことだ。その企業のよさ、商品の売り。あるいは、コンセプトの意義、スピリットのようなもの。多くの企業は、自分たちで自分たちのよさをわかっていないことが多い。それを引き出して原稿に込めるのも、かつての和人の仕事だった。老人の煮え切らない返事に業を煮やして、一旦は適当に片づけてやろうかとも思ったが、もしかすると、この老人も本当に伝えたいことがあっても、それがなんなのか自分でわからないだけなのかもしれない、と思い直した。

——ねえ、和くん。

老人に、自分の妻とどうやって出会ったのかを聞くのは、諸刃《もろは》の剣《つるぎ》であることはわかっていた。返事が来るまでの数分、ぽかりと空いた時間の穴に、どうしても遠い日の記憶が流れ込んできてしまう。思い出したくないのに。忘れたいのに。自分の脳であるにもかかわらず、自分でコントロールができないのは理不尽でしかない。

6

常道が妻と初めて出会った日は、春の日差しが暖かい日で、川沿いの桜並木が満開だった。最近のことはなにかとすぐに忘れてしまうのに、もうずいぶん古い記憶にもかかわらず、常道はいまだにその光景だけは色鮮やかに思い出すことができた。脳が若かったからだろうか。それとも、近年にはないほど強い印象を残した一日だったからだろうか。

常道の家は祖父から三代続く田舎の金物屋で、当時は表通り側に金物を売る店舗が、裏手には工《こう》場《ば》があって、とんてんかん、という鎚《つち》の音が朝から晩まで響くようなところだった。店前の通りは交通量も多かったが、田舎だったこともあってまだろくに舗装もされていない砂利《じゃり》道で、そこを車やらトラックやらが往来するので、いつも埃《ほこり》っぽかった。若い時分の常道は、工場で修業しながら時折店番も任されていた。だが、店番はあまり好きではなかった。発注を受けた品物を工場で作って納めるのが基本の仕事で、店の売り上げなどほとんどないようなものだ。客も滅多にくるものではなく、退屈だった。店番をしながら目に入る風景はいつも同じ。お向かいは古い造り酒屋で建物も古く、どこを見てもくすんだ色しか視界に入らなかった。

その色褪せた風景に突如颯爽と現れたのが、一人の女性だった。白いワンピースにつばの広い帽子をかぶり、銀色の自転車をこいで、常道の目の前を通り過ぎて行ったのである。なんだ今のは、夢か？　と思った瞬間、がしゃん、という大きな音がして、金物屋の前に女性の帽子が飛んできた。慌てて常道が外に飛び出すと、少し先で自転車と女性が倒れているのが見えた。傍らには子供が腰を抜かしてしゃがんでおり、どうやら、店から飛び出した子供をよけようとして、自転車の女性が転倒してしまったようだった。常道が駆け寄って助け起こしたのが、後に妻となる高子《たかこ》だ。

高子との縁がつながったのは、転倒してハンドルが曲がってしまった自転車の修理を、常道が無償で引き受けたからだった。日頃、金物を扱っているので金属の扱いには慣れているが、それ以外に下心がなかったか、と問われると、ハイとは言えない。家業を継ぐ身では外を遊び歩くこともできず、なかなか年代の近い女性と知り合う機会もなかったし、何より、飛び出してきた子供に文句ひとつ言わなかった、高子の優しい人柄にも惹かれた。この場限りになるのは寂しい、なんとか話ができないものか、と思案を巡らせて、とっさに考えついたのが、自転車をなおして差し上げますよ、と提案することだった。

はじめは自分で自転車屋に持っていくから、と遠慮していた高子だったが、女性が一人でハンドルが曲がって真っすぐ進まない自転車を押して帰るのは一苦労だ。常道が熱心に説得し、迷惑ではないから、と言い続けると、高子もようやく折れて、じゃあお言葉に甘えて、と、自転車を常道に預けて行った。曲がったハンドルを直し、車体をぴかぴかに磨き上げて返すと、高子は随分喜んでくれた。

以来、会って話をしたり、映画館に行ったりするような間柄になり、常道はますます高子に惚れ込んでいった。当時はまだ見合いで結婚する人が半分という世の中で、高子にも何件か縁談が来ていたようだが、常道は他の男に取られてなるものかと猛アタックをかけ、なんとか結婚に漕《こ》ぎつけることができた。式は近くの神社で挙げたが、途中で猫が入ってきて大騒ぎになったのはいい思い出だ。

『奥様とは、どうやって出会ったんですか?』
『かないと　あったのは　六十ねん　ちかく　まえ』

インターネットのカズ先生の質問に答えようとすると、頭の中には若き頃の思い出が水を撒《ま》くように次々と蘇る。だが、それを伝える方法がわからなかった。箇条書きのように説明したところで、きっと先生には何も伝わらないだろう。詳しく伝えようにも、まだ人差し指が迷いっぱなしで、なかなか文章にできない。

『ぐうぜん　わたしのまえで　ころびました　じてんしゃで』

職人に学は要らないと甘えて、子供の頃からろくに本を読んだり文章を書いたりするようなことをせず、性に合わないからと新しいことを覚えようとしなかったことを、八十を前にして後悔することになるとは思わなかった。あの時の桜のきれいさを、転んで膝を擦りむいても笑顔を絶やさなかった高子の可憐《かれん》さを、自分の頭の中にある言葉では、到底言い表せない。

『自転車で転んで？　助けたんですか？』
『はんどる　まがったので　なおしました』
『運命的な出会いですね。その時、どう思いましたか？』

どう思ったか。
あの時、どう思ったのだろうと、常道は背中を座椅子に預けて、息を一つついた。天井に答えが書いてあるわけでもないのに、くせで何もない天井を見上げてしまう。

『こわく　なりました』
『怖く？』
『ゆめじゃないかと』

表現するのが難しいが、あの時、常道は「怖い」と思った。平凡で起伏のない人生に突然降ってきた出会いが、その一瞬で終わってしまうのではないか、このまま二度と会えなくなるのではないか、という怖さ。これが全部夢であって、いつか目が覚めてがっかりするかもしれない。それは、高子と会うたびに毎回感じたことで、その後結婚しても、何年経っても同じように感じていたように思う。

『その気持ち、わかる気がします』

カズ先生の返事は意外なものだった。意味がわかりません、と言われるかと思ったのに、わかる気がする、と返ってくるとは思わなかった。もしかすると、先生も似たような経験があるのかもしれない。妙な親近感を覚えて、常道は一人で、はは、と笑った。

7

二年経っても、あの日の記憶は残酷なほど鮮明だ。

舞浜で一日遊んだ帰り、平日だったこともあってか、渋滞覚悟の高速道路は比較的スムーズに流れていた。運転席の和人がルームミラーを見ると、後部座席でフミちゃんも琴葉も目を閉じて寝ていた。無理もない。朝早くから家を出て、テーマパークではしゃぎまわった後だ。暖房の効いた車内にはなんとも言えない疲労感と気怠《けだる》さが満ちていた。信号もなく、歩行者もいない高速道路では、視界が単調になって眠気が増す。滑らかなロードノイズと明るすぎない照明が、寝不足の和人には脅威だ。刺激の強いガムを嚙んで、重たい眠気をごまかした。

時折、首をかくんと揺らしながらうとうとしているフミちゃんは、元は和人の高校の演劇部の先輩だった。学年は一つ上で、出会いは高校の入学式。和人は中学でサッカーをやっていたが補欠止まりで、地域では強豪と言われるサッカー部の練習についていくのは無理そうだった。やりたいことがわからなくなって何部に入るか迷っているところに、部員勧誘中だったフミちゃんが声をかけてきた。さすが演劇部と言うべきか、フミちゃんがセリフっぽく熱く語った一種スポーツのような高校演劇の世界に魅力を感じて、和人は演劇部への入部を決めた。男子部員が少ないという話を聞いて、どこかで、自分が目立つチャンスが結構あるんじゃないか、などという妄想をしなかったとは言えない。

ただ、部活動を始めてすぐ、和人に問題があることが判明した。和人は普段、人としゃべるときは特に問題なく普通に会話ができるのだが、セリフを言おうとすると吃音《きつおん》が出てしまったのだ。吃音にはパターンがいくつかあるが、和人の場合は、「あ、あ、あ、あの」といった具合に、最初の一音を繰り返してしまう「連発」と言われる状態になる。小学校の低学年ころまでは、よく吃音が出てからかわれた記憶があるが、その後はあまり出なくなり、自然と収まったのだろうと思っていたのだが。

家で台本を読んだり、部内で読み合わせをするときはすらすらと読める。でも、いざ本番のように演技をすると、セリフを言い出すタイミングが摑めずに吃音が出てしまう。そうなると本番でもうまくやる自信が持てなくなって、緊張するとよけいに吃音が強く出てしまうようになった。結局、和人にできることは、セリフのない端役か、裏方の仕事だけになった。

　天才肌のフミちゃんは、和人とは真逆だった。練習の時はセリフを噛んだり飛ばしたりすることが多いのだが、いざステージに立つと、圧倒的迫力で完璧に演技をこなした。いつもは穏やかで陽気なフミちゃんが、鬼気迫る表情を見せながら腹の底から声を出し、精一杯感情を伝えようとする姿は圧巻だった。フミちゃんの演技を見ているうちに、和人の中にあった尊敬や憧れといった気持ちは、だんだん恋心に変わっていった。もしかすると、それは嫉妬や羨望の裏返しだったのかもしれない。光の当たらない舞台袖で小道具の準備をしながら、和人の目はフミちゃんをいつも追っていた。

　一年、頑張って続けてはみたものの、ステージ上での吃音が収まる気配はなく、和人は退部することを決め、退部届を書いた。せめて最後に誘ってくれた「フミ先輩」にだけは打ち明けておこうと、部活後に声をかけて、すみません、と頭を下げた。

「ねえ、和くん、その退部届、見せてよ」

　かけられたのは意外な言葉だった。フミちゃんは、なぜか和人が手に持っていた退部届を素早く抜き取ると、それを和人の目の前で声を出し、台本のように感情を込めて音読しだしたのだ。読み終わると、「面白い」と笑った。

「面白く……、は、ないですよね」

「なんか、和くんがなかなか舞台に立てなかった、役を演じられなかったっていう無念さみたいなのがすごく伝わってくるよね。文章もわかりやすいしさ」

「はあ」

「退部届に、こんなに感情のせる人いないよ。演劇部を好きでいてくれるんだなって、嬉しくなっちゃった」

「でもまあ、辞めちゃうんすけど」

「ねえ、退部する前にさ、一本脚本書いてみない？」

どうやら、フミちゃんは以前から部の活動日誌や公演パンフレットに載った和人の文章が面白い、と思っていてくれたらしい。それで、顧問の先生に相談して、通例三年生が持ち回りで担当している脚本を、和人に一任してはどうか、と推してくれていた。部内に居場所がなくなっていた和人の一番の特性に気づき、その才能にスポットライトを当ててくれたのだ。

脚本担当という新たな意義を与えられて演劇部を退部せずに済んだ和人だったが、結局、フミちゃんの高校卒業までに告白することはできなかった。フミちゃんが地元を離れて都内の大学に進学するという話は聞いていたが、そこから連絡も途切れ、そのまま和人とフミちゃんの人生は一旦分かれた。和人も就職で東京に出てはきたが、もうフミちゃんと会うことはないだろうと思っていた。

だが、再会は突然に、本当に奇跡のような偶然が重なって訪れた。和人がスピーチライターとして契約した会社の会長づきの秘書が、なんとあのフミちゃんだったのだ。その上、二人とも恋人と別れた直後だった。あまりにも劇的な再会に和人は勝手に「これは運命だ」などと思ってしまったのだが、それはフミちゃんも同じだったようだ。改めて連絡先を交換し、何度か食事やデートを重ねて交際が始まった。二年ほどして、フミちゃんのお腹に琴葉が宿って、結婚をした。

多忙ではあるけれど、幸福感のある生活は六年続いた。

休日に家族三人でテーマパークに行って遊び、都内に購入した２ＬＤＫの自宅に帰る。決して裕福ではなく、和人も、そしてあれだけスポットライトの下で輝いていたフミちゃんも何かの舞台に上がるわけでもなく、壇上に立つ人をサポートする仕事に就いた。でも、誰かの羨望の眼差《まなざ》しを受けるような舞台から降りて、平凡な日常を選択したことで、得られる平穏もあった。何より、世間的に見れば取り立てて珍しいものではない和人の人生にも脚本には書けないようなストーリーがあって、その誰にも知られない物語に和人自身が満足していたのだ。

ううん、という声が聞こえて、後ろの座席のフミちゃんが目を覚ました。ルームミラー越しに、あくびをしながら「寝ちゃった」と笑うフミちゃんの姿が見えた。琴葉はチャイルドシートでまだ寝息を立てている。その光景は平和で幸福感に満ちていて、なんとも言えない充足感があった。フミちゃんがいなかったら、和人は今の仕事に就くこともなく、きっとこんなに幸せに満ちた空間は作れなかった。そう思うと、何か一言いいたくなった。何を伝えたいのだろう。ありがとう、は、なんだか軽すぎる気がするし、言いたいことを表現できていない。

「フミちゃん」

「んー、なに?」

「あ、あ、あ、あの、お、お、お、お」

こんな時に、と、舌打ちが出そうになった。ルームミラーには、きょとんとした顔のフミちゃんが映っている。言葉よ出てこい、とばかり、思い通りに動かない口を、無理矢理動かそうとした瞬間だった。和人の目の前で、信じられないことが起きた。

「和くん！　前！」

少し先を走っていたトラックが急に横転し、前を走っていた車が激突して跳ね上がった。和人はブレーキペダルを思い切り踏んだが、フルブレーキでも止まり切れず、車は滑るように進んで、前の車の後ろに突っ込んでしまった。全身に響く衝撃とともに、エアバッグが作動して、和人はなんとか顔面をハンドルに打ちつけずに済んだが、それどころではなかった。声にならない悲鳴を上げながら、視界を遮るエアバッグを夢中でかき分けて、フミちゃんは、琴葉は、と、後部座席に顔を向けた。だが、そのとき和人の視界に入ったのは、リアウィンドウに迫ってくる黒い大型のバンの姿だった。

そこで、和人の記憶は途切れている。

8

和人が目を覚ましたのは、最後の記憶から半日ほど経過した後だったらしい。全身の痛みに耐えかねて呻き声を上げると、すぐに数名の看護師がやってきて、和人の意識を確認し、返事ができると見るや、急いで車椅子に乗せた。自分が病院にいることは理解したし、おそらく事故に巻き込まれたのだということもぼんやりわかったが、すべての状況を正確に呑み込めたわけではなかった。意識が戻ったばかりで、頭の中はもやがかかったように不明瞭だった。

「ど、どこへ」

「旦那さんは両足の骨を折ってらっしゃいますが、命には別条ありません」

看護師の言うことは理解できない。聞きたいことと答えが食い違っているような気がした。そうこうしている間に、大きなエレベーターに乗せられ、医師や看護師でごった返している場所に連れていかれた。車椅子を押す看護師が、懸命に叫んで道を開けさせている。

「いいですか、気をしっかり持ってください」

「気を？」

「奥様は、今、闘っています。ここを乗り越えられれば回復の見込みがあります。精一杯名前を呼んであげて、こっちに呼び戻してあげてください」

意味がわからない。そう思いながら、抵抗することも許されずに辿り着いたのは、だだっ広い空間の真ん中に、大きなベッドが置かれた部屋だった。見たことのない器具がずらりと並び、ベッドには、人の形をした何かが置かれている。頭部は包帯でぐるぐる巻きにされ、物々しい機械から延びるチューブが全身いたるところに差し込まれていた。一番太いものは喉に刺さっていて、計器類がせわしなく音を立てていた。包帯の隙間からのぞく唇は土気色で、赤黒く裂けていた。

「え？」

呆けたような声を出す和人の背中を、看護師が力任せに叩いた。あばら骨に響いて思わずむせる。だが、看護師は和人をいたわることなく、何度も「呼びかけてください！」と繰り返した。

「な、なんて――」

「なんでもいいんです！　名前でも！　とにかくお話をしてください！　早く！」

じわりじわりと、状況が脳に迫ってくる。でも、目の前のすべてを呑み込むことを頭が拒絶しようとした。目の前の、ミイラのようにされた人かなにかもわからないものが、あのフミちゃんだというのか。

「フミちゃん」

半信半疑のまま、和人はそう囁いた。もっと大きな声で！　と言われて、今度は少し大きい声で名前を呼んだ。それまで、置物のように動かなかった包帯巻きの頭が、かすかに動いて、和人の方向に傾いた。本当にフミちゃんなのか、と思った瞬間、手や足がガタガタと震えだした。

「なにか、勇気づけるようなことを言ってあげてください！」

「そ、そ、そんな……、こと……」

「奥様に伝えたいこととかありますよね！　日頃の感謝とか出会ったときの話とかなんでもいいから！」

伝えたいこと、と言われて、意識を失う直前に頭に浮かんだことが強烈にフラッシュバックした。あのとき、和人はフミちゃんに伝えたいことがあった。混乱する頭を手で掻きむしって、あの瞬間のことを思い出す。


――俺、フミちゃんのことが好きだよ。

思えば、はじめて会った時からずっとその気持ちを伝えようとして、いままでずっと言葉では伝えてこなかった。部活の後輩だったときも、再会したときも、付き合い始めてからも。結婚してからも、今も、ずっとだ。自分の気持ちを伝えて、フミちゃんの気持ちを確かめたときに、自分の気持ちの一方通行だったら、と思うと、なんだか怖かったのだ。一緒にいてくれるのだから、きっとフミちゃんも和人を好きでいてくれるのだろうとは思う。でも、それをはっきりとした言語に変えて、固定してしまうのがなんだか怖かった。

和人はそうしてずっと、フミちゃんの背中を追いかけていた気がする。フミちゃんの横顔を見るときには、和人が舞台袖から見ていた、スポットライトを浴びて輝く高校時代の「フミ先輩」の姿がいつも重なっていた。きっと、ずっと恋をしていた。結婚しても片思いをし続けていた。でも、あの一日でようやく家族になったんだと実感することができて、それまで言葉にして、声に出して伝えたことがなかった気持ちを、強烈に伝えたくなったのだ。

和人以上の重傷を負って苦しんでいるフミちゃんに向かって、今、それを伝えるべきなのか、と躊躇したが、それしか言えることが思いつかなかった。フミちゃんが好きだ。だから生きて。和人は、フミちゃんにそう声をかけようとした。

「ふ、ふ、ふ、ふ、ふみ、ちゃん」

まただ。会話ではなく、自分の思ったことを伝えようとすると、和人の喉は締まり、舌が回らなくなる。伝えたいことがあるのに、伝えられない。今伝えなかったら、永遠に伝えられなくなってしまうかもしれないのに。人間は高度に進化して、言語を作り、文字を生み出したはずなのに。人生で一番大事なときに、それがまったく機能しない。和人の喉から声は出てこないし、文字を書いたって無駄だった。

包帯の隙間から見えるフミちゃんの唇も和人に何か伝えようとしているのか、言葉を発しようと動いていた。だが、それは言葉にも、声にもなることはなかった。

――旦那さん！　声を！　もっと！

9

チャット添削を終えてから、気がつくと、和人は部屋を飛び出していた。

古くて薄暗い部屋で独り膝を抱えていると、和人は、もう過去の記憶の脳内再生が止められなくなった。二年かけて、毎日頭の奥へ奥へと少しずつ押し込んだ記憶が、老人と文字での会話を続けているうちに蘇ってしまったのだ。誰一人観客のいない悲劇の公演が、和人の頭の中だけで延々と続く。なんとかこの苦しみから逃れたい、逃げたい、と思うのだが、考えついた方法は、疲れて何も考えられなくなるくらい走ること、しかなかった。

ほとんど履かなくなったスニーカーを引っ張り出してきて裸足を突っ込み、勢いよく外に飛び出すまではよかったが、飛ぶように走る、というわけにはいかなかった。二年に及ぶ引きこもり生活で筋力も心肺機能も衰え、事故の後遺症で股関節が上手く動かない。いくらも走らないうちに息が切れ、太ももが上がらなくなってきた。それでも、もがくようにして足を前に出す。無様に、情けなく。

二年前の事故で、和人はすべてを失った。高速を走行中、和人の車の少し前を走っていたトラックが突如ハンドル操作を誤って横滑りし、横転。原因は、居眠り運転だったらしい。車線を逸脱しそうになって慌ててハンドルを切ってしまったのだ。そこに、トラックの後続車、つまり、和人の前を走っていた乗用車が突っ込んだ。和人の車も、回避することができずになすすべもなく衝突。

さらに後ろから車が一台衝突してきて、計四台が絡む玉突き事故となった。和人は両足の骨折と全身打撲の重傷。娘の琴葉は即死だった。フミちゃんは和人が声を出すことができずにいるなか、ろうそくの火が消えるように、すっと目の前で息を引き取った。

フミちゃんと琴葉は、死者二名、という数字に変わって、事故からたった数日で人々の記憶から消えた。でも、それが当たり前のことなのだろう。もし、和人がテレビでそのニュースを見ていたとしても、同じだったはずだ。ほんの少し、ああ、死んじゃった人がいるのか、と心にさざ波が立っても、次の瞬間には被害者の名前も忘れて、普通の生活に戻る。和人の人生のすべては、その程度のものだった。

事故後、和人は心を病んで仕事ができなくなり、スピーチライターの仕事は廃業することに決めた。東京のマンションを売り、地元に帰って、住宅街の端にある忘れ去られたような古アパートの一室に移り住んだ。住宅街は和人が東京に出る前にはなかった新しい分譲地で、アパートはその境界の、昔からある集落の一部だった。住宅街の平和な家族の空気には吸い寄せられるけれど、子供たちの声を聞くと辛くもなる。矛盾した感情の置きどころは、住宅街とは直接接点のない境界線上しかなかった。

その住宅街を、いつものコンビニと逆方向に向かって息を荒らげながら前のめりになって歩き続けていると、高台の新しい造成地に辿り着いていた。休工期間なのか、そこら中に重機がほったらかされたままで、周囲には誰もいない。和人はふらふらと造成地の中をさまよった。新しい造成地は、もともとあった里山を切り崩して造られていて、周囲よりも小高い場所にあった。擁壁と道路が作られただけの寂しい場所からは、思いがけず、夕闇の小さな町が一望できた。夜景、と呼ぶにはいささか灯《あか》りの数が少ないが、あの一つ一つの灯りの下に人がいて、取るに足らない、でも唯一無二の人生を生きているのだ。和人には、それがたまらなく羨ましかった。

歩きながら夜景の灯りに意識を奪われていると、今朝の雨でぬかるんだ土に足を取られて、前のめりに思い切り転んだ。なんとか手をついて顔から倒れることは避けられたが、地面に打ちつけたところが、じん、と痛む。痛みはあるが、それが生きている証拠のようで、悲しかった。どうして自分だけが生き延びなければならなかったのか。なぜ、神様は家族と一緒に自分を殺してくれなかったのか。

両目から涙をこぼしながら、和人は、あの事故以来、初めて声を上げて泣いた。自分では、腹の底から声を張り上げているつもりだったが、二年もの間、誰とも会話をしてこなかったせいか、声がほとんど出なくなってしまっていた。どれほど身を切るような苦しみを押し出そうとしても、気の抜けたような、かすかすに嗄れた声しか出てこない。

これが演劇であれば、観客の涙を誘うシーンになったかもしれない。けれど、和人がどれほど慟《どう》哭《こく》しようとも、神様はスポットライトを当ててくれなかった。残酷なほど、冷徹に。

――フミちゃん、俺は。

声にならない慟哭《どうこく》は、誰の耳にも届かないまま、空気に溶けて消えた。

10

『内容は、ラブレターにしましょう』

『ラブレター、　ですか』


もう何回目だろう。常道が手紙の書き方を教わりだして一ヵ月近く、何度も先生とスマホでつたない会話を続けてきたが、手紙に書く内容として最終的に先生が提案してきたのが「ラブレター」だった。ラブレターというと、常道の認識に間違いがなければ、相手に好意を寄せる男女が、その恋心を手紙に綴《つづ》る、というものだ。さすがに、半世紀以上も連れ添った妻に対してラブレターというのもおかしいのではないか、と思った。第一、そんなもの恥ずかしくて書けやしない。


『そうです。ラブレター。ここ数回、つねみちさんのいろいろなお話をお伺いしましたが、奥様のお話をするとき、昔のことを本当によく覚えていらっしゃるな、と思いましたし、なにより、とても愛情に溢れていると感じたんです』

『さいきんの　ことは、すぐに　わすれてしまいますが』

『そんなことないですよ。奥様の話を一生懸命してくださってるうちに、随分文章打つのが速く、上手くなってきたなと思います』

そうでしょうか、と、常道はスマホを操作する人差し指を自分で眺めた。口元が緩むのを感じて、自分で自分の頬を叩いた。相変わらず、人差し指は思い通りに動かないが、何度も同じことをしているうちにだんだん慣れてきて、句読点を打ったり、文字を変換することも少しできるようになってきた。この歳になっても新しいことは覚えられるのだな、と、少し自信も持てるようになった。

これまで、高子にラブレターなど書いたことはない。昭和の男だから、と言ってしまうと言い訳になるが、男が女にそんなものを贈るのは、女々しい、恥ずかしいことだと思っていた節がある。好きだ、とか、愛している、とか、そういった言葉を口に出して言ったこともなかった。

『奥様のこと、すごく好きでいらっしゃいますよね?』

先生の問いかけに、一瞬、人差し指が固まった。こんな問いに対する答えを真剣に考えることも初めてだ。だが、これは新しいことへの挑戦なのかもしれない、と、常道は思った。誰かに察してもらうのではなく、言葉にして自分の考えを表現する、ということへの挑戦。顔も見えない、どこの誰かも知らない先生に自分の想いを理解してもらうには、そうしなければならないのだ。長年連れ添った夫婦間の空気の読み合いのようなものに慣れきってしまった人間にはなかなか難しいことではあるが、意を決して人差し指を動かし、一つ一つ、文字を丁寧に入れていく。いつものように、先生はせかすこともなく、じっと常道の言葉を待ってくれていた。

『わたしは、高子のことが、好きです』

奥様は高子さんというお名前なのですね、と、先生がすぐに返事をくれた。そうです、と答えると、なんだかふわっと気持ちが楽になった。

『僕も妻のことが大好きです』

何を思ったのか、先生がそんなことを言い出して驚いた。それまで、わけのわからないインターネットの中にいる人、という印象だったのだが、先生も、どこかで自分と同じように暮らしていて、家族がいて、妻を愛しているのだ。字だけでしか見えなかった先生が急に人間になったようで、ああ、これが、文章で人に何かを伝えるということなのか、と、常道は思った。

『わかりました。ラブレター　にします』
『お聞きした中のエピソードでは、初めに出会ったときの話と結婚式の話、あとは箱根に旅行に行ったときの話がすごくよかったと思うので、そのときにつねみちさんがどう感じたかを書きながら、今の高子さんへの気持ちを入れ込んでいきましょう』
『はい』
『さっきの一文、すごくよかったと思うので、絶対に入れてくださいね』

さっきの一文？　と、常道は自分が打った文を読み返した。「高子のことが、好きです」というところだろうか。これを手紙に書くのかと思うと、急に恥ずかしくなって、耳まで熱くなった。読むなり大笑いする高子の顔が浮かんで、少しだけ、胸の奥が温かくなったような気がした。

11

拝啓

冬の寒さもようやくやわらぎ、桜の花も咲き始め、春風の心地よい季節となりましたが、いかがお過ごしでしょうか。この時季になると、いつも初めてあなたに出会った日のことが思い起こされて、愉快な気持ちになります。あなたは、花散らしの風が吹く中、さっそうとぎん色の自転車にまたがり――

「父ちゃんさ、もう一杯飲むか？」

「いや、もういい。十分だ」

息子が、ビール瓶を片手に常道の隣にやってきて、空いたグラスにビールを注《つ》ごうとした。常道はそれを固辞して、係の人に水を頼んだ。歳のせいか、もう、めっきり酒も弱くなった。コップ二、三杯のビールでも、少し目が回る。

「喪服、ほんとに似合わねぇな」

「おめえもだべ」

「まあな」

「あとどれくれぇだ」

「係の人さ聞いたら、一時間かかんねえくれぇって言ってたから、もう十五分くれえでねぇかな」

「そうか。なんか、あっと言う間だなや」

常道がいるのは、市内にある火葬場だ。午前中は真新しいセレモニーホールで妻の高子の葬儀を行い、バスで移動して焼き場にやってきた。平日で雨の日だというのに、随分混雑している。それだけ、多くの人が毎日この世を去っているということだ。それぞれの家にそれぞれの事情があるのだろうが、亡骸《なきがら》が炎で焼かれ、冷めていくまでの時間は、悲しいほどに平等だ。

火葬が行われている間、控室で少し親族と酒を飲みつつ話をした。みな、いつかこの日が来ることはわかっていたからか、悲愴感《ひそうかん》はなく、故人を偲《しの》びながらの和やかな談笑となった。この後、また同じセレモニーホールに戻って初七日法要を行い、ようやく高子を家に連れて帰ることができる。

三年前、自宅で倒れた高子は心肺停止状態となり、救急で病院に運ばれた。治療のおかげで心拍は回復したが、結局意識は戻らず、ほぼ脳死状態で回復の見込みはまずない、と判断された。その後、自発呼吸が止まりかけたので専門の施設に移し、人工呼吸器と胃ろうを装着して延命治療を行ってきたのだが、目を覚まさないまま三年が経ち、その年の誕生日をもって延命治療を中断することを決めた。いつか、ふっと目覚めるのではないか。奇跡を信じたい気持ちもあったが、奇跡は滅多に起こらないから奇跡なのだ。高子が神様に選ばれた一握りの人間になれるとは思えなかった。

延命治療の中止は、もちろん簡単に決められることではなかった。息子が中心になって、医師などとよく話をし、多数の関係者が集まる会議も何度か行った末の決定だ。死んでしまえば人の命などあっけないものかもしれないが、世間からの注目を浴びることのないたった一人の老人の死に対して多くの人が関わり、真剣に向き合ってくれたというだけでも救われる思いがした。

高子はその後、常道が見守る中、静かな眠りに入るように息を引き取った。

「そういやさ、さっき、母ちゃんのお棺に、父ちゃんなんか入れてたべ？」

「ああ、うん」

「なにさ、あれ」

「あれか？　ありゃ、恋文だ」

息子が、こいぶみ……、と言いながら、しばし絶句した。無理もないか、と思いつつも、その様子を見て、常道はかすかに笑った。自分が恥ずかしいと思わなければ、特段恥ずかしいものでもないな、と思った。

「恋文って、ラブレターってことか？　冗談だべ？」

「冗談でねぇよ。ちゃんと書き方さ習って、真面目に書いたんだ」

「ほんとにか？」

「この前、母ちゃん誕生日だったべ？　寿司も食わしてやれねぐなって、なんかやらねえと怒られっかなって思ってたっけど、施設いる間、規則でなんも持ってってやれねかったしな。食いもんさ持ってくんなー、花もダメだー、って」

「で、最後に、ラブレター書いたのか？　意外とロマンチストだなや」

「まぁな」

「でも、天国で読んだら、母ちゃん笑い死にすんでねぇの」

「もう死んでっぺし、大丈夫だべ」

そだな、と、笑ってしゃべっていた息子の表情が一瞬だけぎゅっとこわばって、うっすら涙ぐんだように見えた。涙をもらわないように、常道はそっと目をそらした。

「おい」

「なにさ?」

「おめぇ、嫁さん大事にしろよ」

「ああ、うん。俺も書いてみっかな、ラブレター」

「そんときは、いい先生さ紹介してやっから言え」

息子との会話が途切れると、ちょうどいいところで係の人がやってきて、火葬が終わったと告げた。そうか、灰になっちまったか、と思ったが、なんとか涙はこぼさずに済んだ。

常道が精魂込めて書いたラブレターは、高子と一緒に燃えて、一緒に空へと飛んでいった。今頃、開けて読んでるか、と、何も見えない天井を見上げる。

12

フミちゃんと琴葉の二回目の命日から三ヵ月過ぎた月命日の日、和人は事故以来初めて、二人が眠る墓前で手を合わせることができた。

せめて故郷で眠らせてやってほしい、というフミちゃんの家族の意向もあって、二人とも地元の霊園にある和人の家の墓に入っている。和人が東京の家を引き払って地元に帰ってきたのは、仕事がろくにできなくなって生活費に困ったということもあるが、墓の近くに住みたい、という思いもあったからだ。今の部屋から霊園までは歩いていける距離だが、二年経っても気持ちの整理がつかず、ずっと墓参りはできずにいた。今日は、吹っ切れたわけでも、気が変わったわけでもなかったが、行かなければ、という衝動に突き動かされて、和人は墓に向かった。

誕生日が過ぎてしまった琴葉には、遅くなってごめん、と言いながら、好きだったお菓子と小さなおもちゃを供えた。そして、フミちゃんには、二通の手紙を置いた。一通は、フミちゃんの遺品の中から出てきたプロポーズのときの手紙。もう一通は、桜色の花びらの模様があしらわれた封筒に入った、新しいものだ。

和人は、「つねみち」という老人の妻への手紙を手伝っているうちに、そうか、自分もフミちゃんに手紙を書こう、と真似《まね》をしたくなった。だが、手紙の構成を考えると、どうしても近況報告を入れなければならない、と思った。部屋を片づけ、伸び放題だった髪を切り、ひげを剃《そ》って身ぎれいにして、あまり心配させずに済むような「近況」を整えるのに少し時間がかかった。相変わらずネット添削の仕事は続けているが、今は新しい仕事も探している。スーツを着ると、社会に戻ったような気分になるし、意外と、ネクタイの締め方なんかは忘れないものだな、と思う。

手紙の本文にあたるところには、ありったけの想いを込めた。おかげで、はじめはものすごい文字数になってしまったが、何度も推敲《すいこう》し、言葉を吟味して、便箋三枚分に原稿をまとめ上げた。それを手書きできれいに清書したのが、封筒に入った入魂の一通だ。手紙は、霊園の人に許可を取り、二通まとめて墓前で火にくべ、煙にしてフミちゃんに届けた。フミちゃんが手紙を読んだら、また「面白い」とか、「名文」などと言ってくれるだろうか。

手紙を届け終えると、少しだけ気持ちが軽くなった。喪失の傷痕はたぶん一生癒えることはないが、想いを言葉にして吐き出した分だけは魂が軽くなったのだろう。後片づけをして、霊園を後にする。

里山に張りつくように作られた霊園から十五分も歩くと、下校時間の子供たちの声が響く住宅街に戻ってくる。非日常からいきなり日常に戻ってみたら、腹が減っていることに気づいた。少し遠回りして、いつものコンビニに寄ることにした。

今は生活の改善を図っているところではあるが、一度崩壊してしまった和人の生活は、依然としてほとんどが引きこもり生活のままだ。ほんの少しだけ現実を遠ざけてくれるアルコールの強いチューハイを一本かごに入れ、栄養バランスなどあってないような、とりあえず腹が膨れそうな弁当を選ぶ。いつもは、そこにさらに汁物代わりの小さなカップラーメンをつけていたが、今日は、野菜サラダを選んだ。

レジに持っていくと、よく見る店員が、「レジ袋は――」とマニュアル通りに聞いてくる。いつも持っている袋を見せると、店員はそれ以上何も言わずに、値段を告げた。バーコード決済をして、袋に商品を収め、肩にかける。

「あ、あ、あ、あ」

和人が突然、かすれた声を出すと、店員が表情をこわばらせて、なに？　と言うように和人を見た。息を整えて、喉を精一杯開いて、もう一度声を出す。

「あ、あ、ありがとう」

声は全然出ていなかったが、言えた、ということには満足した。

集中治療室でフミちゃんを看取《みと》ったとき、フミちゃんは声がまったく出ないのにもかかわらず、必死に唇を動かしていた。唇の動きで、和人はフミちゃんが「生きて」と言っているのだとわかった。だから、何があっても、和人は生きていかなければならない。生きるというのは、ただ心臓を動かすだけでも、機械的に仕事をこなすことでもなく、人間として在《あ》り続けるということだ。

これから毎年、命日にはフミちゃんに手紙を書こう、と思った。生きている間、ずっと。それが、和人の生きる目的になる。もちろん、内容はラブレターだ。男のロマンチシズムだとかセンチメンタリズムの押しつけなのは間違いないが、フミちゃんは笑って許してくれるだろう。

コンビニの外に出る。強風が吹き込んできて少しよろけたが、前傾姿勢になって、風に向かって歩き出す。ひどい向かい風ではあるけれど、その風は暖かく、春の香りがした。

パパは野球が下手すぎる

1

行けー！　絶対打て！　と、どこにいても人一倍大きいママの声がギャラリーから聞こえてくる。バッターボックスに立った来夢《らいむ》は、「わかってるっての」と、言葉には出さず、口の中でその声に応えた。

来夢が野球を始めたのは、小学一年生の時だ。なにかスポーツでもやってみない？　とママに勧められて地域の野球クラブとサッカークラブを見て回って、来夢自身が野球を選んだ。小さい頃から体格がよくて運動も得意なので、来夢はめきめきと実力をつけている。五年生になった今年は、六年生の先輩を差し置いて、来夢がエースで四番だ。

今日の試合は、ピッチャーの来夢が抑えているけれど、なかなか得点が奪えないまま進んだ。迎えた最終回の裏、チャンスに来夢の打順が回ってきた。

まあ、勝てるっしょ。

相手のピッチャーは緊張と疲れのせいか、顔が真っ赤になっていた。球はそんなに速くないし、打てそうだな、と思っていると、来夢が得意な外角高めの球が来た。待ってました、とばかり思い切りバットを振り抜く。手に気持ちのいい感触を残して、ボールがライト方向に飛んでいった。打球はライン際に落ちてフェアとなり、ランナーが生還して試合が決まった。っしゃあ、と、右腕を突き上げた来夢に、先輩も、同い年の仲間も、みんなが一斉に駆け寄って、ばしばし頭を叩いた。多少痛いけれど、その痛みもまた嬉しい。

顔を上げると、観客席で手を振るママの姿が見えた。来夢が、ほら打ったっしょ、と言うように指をさすと、ママは立ち上がって派手に拍手をした。

去年くらいから、来夢は「将来、プロ野球選手になる」とはっきり言うようにしている。わざわざそう言葉にすることにしたのは、単純に、よく聞かれるからだ。オトナはよく、「将来の夢は何?」とか、「将来何になりたい?」と聞いてくる。そんな時、「将来、野球選手になる」と言うと、オジサンはだいたい喜ぶ。オトナって単純だな、と思うけれど、がんばれよ、と言ってもらえるし、まあいい。

でも、全然興味を持ってくれないオトナが一人だけいる。

よりにもよって、それは来夢のパパだ。

チームの他の子は、土日の練習や試合にパパが来て、熱心に応援していることが多い。なのに、来夢のパパは、仕事が休みでも来夢の野球を観に来ないし、「将来、野球選手になる」というオジサンにはテッパンの一言を放っても、「大変だぞ」と言うだけだった。子供の言うことだし、なんて思ってるのかもしれない。だから、今はチームで大活躍して、パパがどれどれ、って観に来るくらいにならなければならない。

試合に勝って大喜びする仲間の輪の中で、来夢はそんなことを考えていた。

2

「でね、最後、おれがヒット打って、勝ったんだよ」

ダイニングテーブルの周りをぴょんぴょん跳ねまわりながら、息子の来夢が早口で今日の野球の試合のあれやこれやをまくしたてる。海光透《かいこうとおる》は、半分聞き流しつつ、そうか、よかったな、と相槌《あいづち》を入れた。

「ねえパパ、おれの球ね、結構すごいんだよ。練習の時も、ほとんど打たれないし」

「へえ、そうなのか」

だが、来夢はだんだんもじもじとしだして、話も歯切れが悪くなっていく。どうしたのかと思っていると、夕飯の支度を終えた妻の明里《あかり》がやってきて、ちゃんと言いな、と来夢の背中を叩いた。

来夢は、透の様子をうかがうような目を向けて、口をもぐもぐさせた。

「なに、どうしたの」

「明日さ、おしごと休みでしょ？」

「ああ、うん。休みだけど」

「じゃあさ、スポコー行って、キャッチボールしようよ」

スポコー、と来夢が言うのは、透の家のほど近くにある大きめの公園で、通称「スポーツ公園」と呼ばれている。なんでも禁止される昨今だが、スポコーは珍しく野球やサッカーといったボール遊びが許可されていて、近隣の子供たちの遊び場になっている。

「パパ、グローブ持ってないからなあ」

「それがね、パパ用のあるんだ」

は？　と、訝しむ透を置いて、来夢がダイニングからどたどたと走って出ていった。やがて、また廊下を走る足音が近づいてきて、来夢がダイニングテーブルにどさりと古びた黄色い革でできた物体を置いた。キャッチボールに使うようなグローブではなく、キャッチャーが使う本格的なミットだ。透は、一目で誰のものかわかった。

「これ、じいちゃんのキャッチャーミットだろ?」

「うんそう」

「そう、って、どっから持ってきたんだ」

「じいちゃんが送ってきてくれたんだよ」

透と来夢が「じいちゃん」と呼んでいるのは、田舎の実家に住んでいる透の父のことだ。来夢が野球をやっていることは「じいちゃん」も知っている。自分の使っているミットを来夢にあげるつもりだったのだろうか。

「これ、じいちゃんが大事にしてたやつだし、遊びに使うようなもんじゃないぞ」

「そーんな、キャッチボールちょっとやったくらいで壊れないから大丈夫でしょ」

会話に割って入ってきたのは、妻の明里だ。透は、なっ、と、思わず声を上げた。

「ママ、そんなこと言ってもさ」

「いいじゃん、向こうからいきなり送ってきたんだし」

「そういう問題じゃなくてさ」

「じゃあ何問題よ」

「俺が野球なんかできないの知ってるじゃん。それに、これミットだしさ」

「え、パパ、野球やったことないの?」

今度は来夢が明里との会話に挟まってきて、だんだん収拾がつかなくなる。

「やったことないわけじゃないけど、野球できそうに見えないでしょうが」

透は自分のでっぷりとした腹を指して、苦笑いをした。

「野球ってか、ボール投げて捕るだけだよ。誰でもできるって」

「いやでも、そもそものミットじゃ無理――」

「パパさ、とりあえず一回相手してやんなよ」

「またややこしくなるからやめてよママ」

「でも、来夢、パパとキャッチボールしたい、って前からずっと言ってんのよ。息子がキャッチボールしたいって言ってくれんのなんて、もうあと何年もないと思うよ？」

「そうは言うけどさ、そもそもグローブじゃなくてミットだし、それに――」

「いーんだってば。かっこいいとこ見せようとか思わなくていいの」

「そうだよ。パパ、ね？　明日キャッチボール」

「あ、ママも見に行こ。動画撮っとかな」

「ママ、お弁当も作って」

「お、いーねえ。そうしよ」

いや、ちょっちょっちょ、と、透が抵抗しようとするのも虚《むな》しく、妻と子供がどんどん話を進めていく。いや無理だって、無理、という透の言葉は、完全に無視された。

3

マジ？　うそでしょ？

　立っている場所とはまったく違うところに吹っ飛んで行ったボールを見て、来夢は唖然《あぜん》とした。気持ちの整理がつかないまま、とにかくボールは取りにいかなきゃ、と、コロコロと転がるボールに向かって走る。え？　なにこれ？　どういうこと？　と、頭の上にハテナマークがいっぱい出た。

　日曜日、スポコーにパパとママを引っ張ってきて、念願のキャッチボールを始めたまではよかったのだけれど、パパが自分で言っていた「野球なんかできない」という言葉の意味は、最初の一球で来夢にもよくわかった。パパの投げ方は野球をまったくやったことがない女子みたいで、肘が曲がっているし。ステップの踏み方もなんかぎくしゃくしている。

「パパー、行くよ！」

　来夢はボールを拾い上げて、山なりの球をパパに返した。手を伸ばせば捕れそうなボールだったのに、パパはミットのはじっこに当てて、ポトンと落とした。来夢がすぐに、ここだよ！　ここに投げて！　と手をあげると、パパは少し困ったような顔をして、また変なフォームでボールを投げた。今度は、指に引っかけたのか、地面に叩きつけるような球になった。

　マジか、とは思ったが、来夢は「ドンマイ！」と笑ってボールを拾い、パパのすぐそばから下手《したて》投げで軽く投げる。パパはお手玉をしつつもようやくキャッチした。ミットじゃ捕りづらいのはわかるけれど、それにしてもへたくそだ。

「がんばー」

少し離れたところから、ママがへらへら笑いながら応援している。いや、そんな場合じゃないから、と、来夢はパパにバレないようにため息をついた。

そっか、パパ、運動苦手なのか。

パパは身長が高いけれど、お腹がポッコリ出ていて、確かに運動ができそうには見えない。だとしたって、キャッチボールくらいはできるよね、と思っていた。それが来夢より野球がへたくそだというのは、なんだか衝撃と言うか、ショックが大きい。見てはいけないものを見たような気まずさがある。

結局、三十分ほど粘ったものの、ぽんぽんとボールを投げ合うことはできなくて、ついにパパが「そろそろやめよう」と言った。球を拾うのに走り回ったせいで来夢も疲れてしまい、そうだね、と同意して、ママのいるレジャーシートに座った。遅れてパパがやってきて、大きなため息をつきながらどかんと腰を下ろした。

「久しぶりの運動もいいっしょ？　毎週やんなよ、少し痩せるかもしんないし」

ママがにこにこしながらそう言ったけれど、パパはじとっとした視線をママに向けて首を横に振り、大きくため息をついた。

「やっぱり、全然ダメだ」

「まあ、そんなもんだって。運動なんていつぶりかって感じなんだからさ」

ママがてきぱきとお弁当を広げながら、パパの肩を、ぽんぽん、と叩いた。来夢はなんと言えばいいかわからなくなって、とりあえずおにぎりにかぶりついた。

「来夢、楽しくなかっただろ」

「え、そんなことないよ。楽しかったよ」

パパはすごく悲しそうな顔をして、ごめんな、と、うつむいた。

4

——違う、もっとしっかり腕を振れ！

息を整えて、構える。視線の先には、目標の黄色いミット。手の中でボールを少し回して縫い目に指をしっかりと引っかけ、右足を大きく上げて踏み出し、体重を前に移動しながら、体のひねりでそれを回転力に換えて腕に伝える。指先から放たれた白球は、激しくバックスピンしながら真っすぐ飛んでいき、ミットに収まって、すぱん、という小気味よい音を立てる。

返ってきたボールを軽やかに受け取って、すぐにまた呼吸を整え、投球動作に入る。だが、いざ投げようとすると、目の前にもやがかかったようになって、だんだん黄色いミットが見えなくなっていった。目標がなくなってどこに投げればいいのかわからなくなって、ボールを投げたいのに、投げられない。やみくもにボールを投げると、高く浮いてしまった球が何かに当たって鈍い音を立てた。小さな悲鳴。人に当たってしまったのか、と慌てて駆け寄ってみると、そこには、目を剝《む》いたまま激しく痙攣《けいれん》する来夢の姿があった。

来夢！

ぱん、と眠りの世界から現実に引き戻されて、透は開いた目で天井を見上げたまま、荒ぶる心臓の拍動と呼吸を整えなければならなかった。背中にじっとりと汗をかいているのがわかる。体の中で膨れ上がったよくないものを、鼻から息と一緒に静かに抜いた。

「嫌な夢でも見た？」

「え、あ、いや、なんで」

横を向くと、明里が半目だけ開けて透を見ていた。

「なんか、すっごくうなされてたから」

「そう？　夢、見てた気がするけど、もう覚えてないな」

「明日仕事でしょー？　このまま寝れる？」

あー、うん、と、曖昧な返事をして、透は汗ばんだ顔を両手でガシガシとこすった。

「ママさ」

「ん？」

「あのミット、来夢に渡したのはママの仕業だろ」

「仕業って。なんか悪いことしたみたいな」

「なんで来夢の前で俺にあんなことをさせたんだよ」

明里が、あんなこと？　ととぼけるので、透は少し語気を強めて、キャッチボール、と言った。

「なんでって、言った通りだってば。息子とキャッチボールなんて、やれるうちにやっといたほうがいいよって」

「俺がボールなんか投げられないってわかってるだろ。それに、あのミット――」

「べつに、かっこつけなくていいんだって。パパがキャッチボールの相手を一度もしてくれんかったって記憶が残るよりいいでしょうが」

「できたうちに入らないだろ、あんなの。情けない」

「そんなことないよ。パパはボール投げてたし、来夢はそのボール追っかけてた」

「それは、キャッチボールって言わないんだよ。キャッチできてないんだから」

明里がベッドの中を、よっこいしょ、と移動して、透の真横まで距離を詰め、透の腕に両腕両足を絡める。鼻先に、明里の顔が来た。

「あのね、あれは別にわたしの仕業とかじゃないわけよ。ほんとに、お義父《とう》さんから急に送られてきたんだよね。来夢が先に見つけちゃっただけ」

「なんで親父が」

「そんなの、わたしに聞かれてもさ。直接聞いてみてよ、自分で」

透は、うっ、と言葉を詰まらせた。

「いじわる言うなよ。わかってるだろ」

「いじわるで言ってるつもりないんですけど」

世間一般でもよくあることだとは思うが、透は父親との折り合いが悪い。一対一で会話することなどほぼなく、実家に帰ってもお互い目を合わせない。完全に関係が切れているわけではないがコミュニケーションはほぼゼロで、母親を間に挟んでやり取りをするくらいだ。その状態のまま、もうずっと過ごしている。

「今日は、がっかりしただろうな、来夢は」

「そんなことないって、もー」

「するだろ。まともにボールも投げられない父親なんてさ」

「ねえ、さっきパパがお風呂入ってる間、来夢、なんて言ってたと思う？」

「なんだよそれ。なんか言ってたのか」

「おれ、パパに野球教えなきゃな、って言ってたよ」

5

「ねえ、パパ、そうじゃないよ。もっと、こう」

透の周りをくるくる回りながら、来夢が透の腕の位置やら手の角度やらに細かい修正を入れる。さほど広くはないマンションの一室でボールを投げることはできないので、代わりにタオルを使って腕を振る練習をしているところだ。

先週、日曜日にキャッチボールをしてからというもの、来夢はなんだか元気がなくなって、透と目を合わせなくなった。幻滅されたのか、父親のあまりの情けなさにかける言葉がなくなってしまったのか。さすがに、なにか話しかけねば、と思った結果、「今度、パパに野球を教えて」という一言に行きついたのだが、これが、思ったよりもがっちりと来夢に火を点けた。

来夢の熱心な指導は、今日で連続三日目だ。来夢は透の帰宅まで起きて待っていて、帰宅するなりすぐに、練習しよう、とタオルやらボールやらを持ってくる。正直、疲れているし、勘弁してもらいたいというのが透の本音だが、自分で「教えて」と言った手前、もういいよ、とは言い出せない空気になってしまった。

「肘がね、下がったらだめだよ。故障するよ」

来夢の言うことはすべて少年団のコーチの受け売りなのだろうが、それでも、自分が教わったことを一生懸命教えようとしてくれているのはわかる。明里は完全に来夢の応援に回って透の退路を塞いでいて、仕事でへとへとになって帰ってきた透がさらに運動をさせられている姿を、笑いながら見ていた。

「ケガするほどなんか投げないって」

「いいから。ちゃんと肘上げて。こうだよ、こう」

来夢が何度も投げる動作を繰り返すが、透の右腕は思うように動かない。足と体と腕がスムーズに連動しないのだ。だんだん苛立ってきたのか、来夢が、ちょっとまじめにやってよ、と口をとがらせる。やってるよ、と、透はため息をつくしかない。

「来夢、パパにもっと優しく教えたげて」

「だってさ」

「パパだって一生懸命なんだから。来夢ができるからってみんなできるわけじゃないんだかんね」

明里がフォローを入れてくれるが、もう終わりにしな、とは言ってくれない。注意された来夢は、自分の中の不満とママからの注意を中和させるように、あうー、という変な声を出し、気持ちを入れ替えてまた透の指導に当たった。

「パパってさ、子供の頃、野球とかやんなかったの？」

「じいちゃんに教わったことはあるよ」

「全然できなかったの？」

「まあ、できなかったわけじゃないけど、パパももう歳だし太ったし」

透の父は、元高校球児だ。高校時代は関西地区の某校でキャッチャーをやっていたが、地域自体に強豪校がひしめいていてなかなか勝てず、甲子園出場は三年のときの春のセンバツ一回だったらしい。センバツでは初戦で大敗を喫し、思ったような活躍をすることはできなかった。その不完全燃焼の反動から息子に夢を託すことにしたようで、透が物心ついた頃にはもう、庭で半強制的にキャッチボールをさせられていた。

だが、透は、父の期待に応えることはできなかった。

「パパ、大丈夫だよ。おれがちゃんと教えれば思い出すから」

「だと、いいんだけどなあ」

「おれだって、最初はできなかったけど、練習したらできるようになったからね」

そうだよな、と、透はうなずく。

「パパも、投げれるようになるかねえ」

「あったりまえでしょ。でも、練習しないとだめだよ。まだへたすぎるから」

6

午後、学校の授業が終わると、来夢はいつも家に帰る前にスポコーに行く。スポコーには壁当てができるコンクリートの壁があって、バッターの絵とストライクコースを示す四角い枠線が描かれている。そこで、ピッチングの練習をするのが日課だ。来夢は壁の前のいつもの場所に陣取り、ボールを投げる。変な方向に投げると、変な方向に跳ね返っていってしまうので、ちゃんとコースを狙わないといけない。

いつもは誰もいない時間なのに、今日は壁当て場所からちょっと離れたところに、キャッチボールをする親子がいた。子供はまだ一、二年生くらいの小さい子だ。子供がボールを投げると、お父さんが軽やかに捕って、すぐにボールを投げ返す。いとも簡単に、キャッチボールが続いている。気がつくと、来夢は練習することも忘れて、その光景をじっと眺めていた。いいな、と羨ましく思ったのもあるし、なんでうちのパパはあれができないんだろう、と思ったこともある。

——なんでそんなにキャッチボールがしてえんだ?

今年のお正月に家族でじいちゃんちに行ったとき、じいちゃんと二人で話す時間があった。「今何年生だ」「四月から五年生」というなんてことない会話から始まって、パパとキャッチボールをしたい、ということをぽろっと話すと、じいちゃんは来夢の顔を覗き込むように見て、そう言った。

「そりゃしたいよ。野球やってる友達はみんなやってるもん」

「みんなしてるからしてえのか」

「んー、そういうわけじゃないけどさあ」

いつもパパとキャッチボールがしたいとは思っているけど、なぜしたいのかと言われると、来夢もよくわからない。もちろん、自分のお父さんとキャッチボールをしたことがないなんてやつもいっぱいいるだろうけれど、だからしなくていいや、という気持ちになるわけじゃなかった。

「なんかでも、うちのパパ、野球がきらいなんじゃないかって思うんだよね」

「なんでだ」

「だってさあ、フツー、自分の子供がさ、キャッチボールしようって言ったらさ、やるでしょ？　それに、おれが野球やってるのに試合とか一回も観にこないし」

「仕事が忙しいんだろう」

「そうかもしんないけどさ、ほんとにそんな忙しいの？　オトナの仕事って」

パパの仕事が忙しいということは、当然、来夢だってわかっている。でも、それがどう忙しいのかは来夢にはわからない。朝、パパが家から出て、どこに行って何をしているのかは、なんだかもやもやっとした感じで想像できない。夜、仕事から帰ってくるのも遅くて、忙しい時だと、来夢が寝る直前とか、寝てから帰ってくることもある。一日で、パパの顔を見るのは朝ご飯を食べるほんの十分だけ、ということもよくある。パパより学校の先生とか友達のほうがずっと一緒にいる時間が長いくらいだ。

パパのことは好きだと思っているけれど、正直、パパがどういう人なのかって聞かれたら、うまく答える自信がなかった。パパが小さい頃はどういう子供で、どういう風にオトナになって、今どんな仕事をしているのか。来夢のことをどう思っているのか。聞きたいことはたくさんあるけれど、たぶん、それを聞けるほど来夢はパパと仲良くなっていない。キャッチボールをやりたいと思ったのは、パパともっと仲良くなって、いろんな話をしたいから、っていうことなのかもしれない。

「お父さんはなんでしないんだ、キャッチボール」

「さあ。でも、グローブも持ってないし、買おうともしないし」

じいちゃんは、面白がって笑うというよりは、ちょっと「しょうがねえなあ」という感じで笑うと、お茶を飲んでため息をついた。

「グローブなんかあってもなくても変わらんだろう」

「え、でも、おれの球、素手で取ったらぜったい痛いよ。結構速いから」

「ずいぶんな自信だな。ちゃんと練習してるのか？」

「そりゃね。おれ、将来プロになるから、練習はいっぱいしないと」

「プロを目指すのか」

「目指すってか、プロになるよ」

じいちゃんは少し驚いたような顔をしたけれど、すぐに笑って、いいな、と、来夢の頭に手を乗せた。

「お父さんは、下手くそだから恥ずかしいんだろうよ」

「キャッチボールにへたくそとかうまいとかないじゃん」

「んなことはない。意外とセンスがいるからな。お父さんに教えてやれ」

「おれがパパに？　うっそマジ？　子供がオトナに教えるとかある？」

まさか、その話が現実になるとは思わなかった。

じいちゃんはたぶん、パパがうまくキャッチボールができないということを知っていたんだろう。じいちゃんに「教えてやれ」と言われたこともあって、来夢は一生懸命パパにボールの投げ方を教えているつもりなのだけれど、自分から教えてと言ってきたはずのパパが、あんまり真剣にやっていないように見えて、なんなの、と思ってしまう。

「すいませーん、ボールとってくださーい」

来夢が考え事を頭から追い出してまた練習を再開しようとすると、お父さんとキャッチボールをしていた子の声がした。ボールが来夢の足元にころころと転がってきている。ちょっとイライラしていた来夢は、ボールを拾い上げると、男の子のお父さんに向かって結構強めのボールを投げた。男の子のお父さんが「いい球投げるね！」と言ってくれたけれど、それが逆に、なんだかすごく悲しかった。

7

ついこの間五年生になったと思ったら、もう一学期が終わって、夏休みだ。来夢の夏休みは今のところ野球三昧で、顔も体もすっかり日に焼けてしまった。ママには最近、「焦がし来夢」と呼ばれている。

久々に練習が休みの日、来夢は昼まで寝るつもりでいたのだが、その思いもむなしく、早朝、寝苦しさで目が覚めてしまった。パジャマが汗でぐっしょり濡れて気持ち悪い。勉強机の上に置いた時計を見ると、まだ朝五時だ。

もう一回寝ようと、クローゼットから新しいTシャツを引っ張り出して着替えていると、部屋の外、たぶん玄関から、パパとママの声が聞こえてきた。パパが仕事に行く時間にしては早すぎる。なにしてるんだろう、と、来夢が部屋の引き戸をうっすら開けて頭をひょこっと出すと、玄関から外に出て行こうとしているパパの背中が見えた。いつものスーツ姿じゃなくて、Tシャツにハーフパンツという格好だ。そして、グローブ代わりのじいちゃんのミットを小脇に抱えている。ママは、タオルと水筒を渡して、パパの見送りをしているようだ。

こんな朝早くにどこに行くんだろう？　と来夢は思ったが、ミットを持っているからには、野球をしにいく以外考えられない。なんで？　どこに？　と、来夢は少し混乱した。そうこうしているうちに、パパが物音を立てないようにそろっと外に出て行く。ママが玄関から戻ってきて、来夢は急いで引き戸を閉めた。ママの足音が来夢の部屋の前を通り過ぎ、キッチンから水を流す音が聞こえたのを確認して、来夢はパパの後を追って玄関から外に出た。エレベーターで一階へ。マンションから外に出ると、目の前の道路にはもうパパの姿はなかった。

でも、パパがいく場所は、きっとあそこしかない。

朝早く、いつもとは違って見えるいつもの道を走って、来夢はスポコーに向かった。来夢の家のあるマンションからは走って五分くらい。住宅街を抜けるとスポコーを見下ろすように通っている道に出る。公園の中に降りていく長い階段の途中で、来夢は足を止めた。そろそろと、階段脇の木の陰に隠れる。誰もいない公園で、ゆっくりジョギングをするパパが見えたからだ。やっぱり、行き先はここだった。

パパは公園をゆっくり一周して、今度は来夢が練習に使っている壁の前に向かった。やっぱりそうだ。パパは来夢に内緒でボールを投げる練習をしていたのだ。まじめに練習してくれないと思っていたけれど、そんなことはなかった。心の中で、来夢は、パパ、ごめん、と謝った。

いよいよ、パパがボールを握って、一球投げる。体の動きは相変わらずぎこちないけれど、一番最初に来夢とキャッチボールをした頃に比べればずっと上手くなっていた。パパは一球ごとにフォームを確認しながら、続けて何球も投げる。投げて、跳ね返ってきたボールを拾って、また投げる。十球、二十球。来夢は片時も目を離さずに、ずっとその様子を見続けていた。

何球投げただろうか。パパはグローブ代わりにつけていたミットを外して、どさっと地面に置いた。タオルで汗を拭って、水筒の水を飲む。今日の練習は終わりで、これから家に戻り、何食わぬ顔で出勤するつもりなのだろう。

「え、あれ?」

練習を終わらせたと思ったのに、パパはボールだけを持って、もう一度壁に向かって投球する姿勢を取った。まだ投げるのかな、と、来夢は目をこらしてパパの様子をうかがった。さっきまでとは、なにかが違う。おかしい。そのうち、パパの体の向きが逆だということに気がついた。

左投げ?

来夢が首を傾げながら見つめる中、パパは投球モーションに入った。そして、驚くほどスムーズにボールを投げる。パパの手を離れた瞬間、ボールが大砲でもぶっぱなしたみたいな勢いで飛んでいって壁に当たった。遠くから見ていても、めちゃくちゃ速い球だってことはわかる。どう見ても、野球がへたくそな人の球じゃなかった。

「どうして、パパ」

やっぱり、来夢にはパパのことがわからない。どうして、こんなにすごい球を投げられることを来夢に言ってくれなかったんだろう。どうして、野球なんかできないって嘘をついたんだろう。わからない。わからないのがいやで、泣きたくなる。

8

以前に比べると、幾分、投球のコツがわかってきた。透は、打者とストライクコースが描かれた壁に今日最後と決めた一球を右腕で投じる。まだ完全にコントロールできているわけではないが、球は狙ったところにちゃんといった。利き腕ではない右でこれくらい投げられるようになったなら、まあ及第点というところだろう。もう少し調整をすれば、右でも来夢とキャッチボールくらいはできるようになるかもしれない。逆の手につけたミットで捕球するのはまだ一苦労だが。

もともと、透は左投げだ。箸や筆記用具は小さい頃に矯正されたので右手を使うが、利き手は左。世の中には、左右で同じように球を投げられるスイッチピッチャーという存在も稀《まれ》にいるが、透はそこまで器用なタイプではない。右でピッチングなどほとんどできないし、やろうともしなかった。ただ、来夢に教わるという形で投球の基本を再確認しながら少しずつ右で投げるフォームを整えているうちに、だんだんコツを摑んできた気がする。

ミットを外して地べたに置き、額の汗を拭いて水筒の水を一口含む。一息ついて、持って帰るものを片づけようと、ボールを自然に左手で摑んだ。やっぱり、利き手のほうがしっくりくる。最後に本気で投げたのはもう二十年も前のことだが、今はどれくらい投げられるだろうか。透は構えを本来の左投げに戻し、壁を見た。

ふっと息を吐いて、思い切りボールを投げる。狙いは、右打者の内角低め。左腕の透からは、対角へ投げおろすような形になる。強烈なスピンのかかったボールは、真っすぐに壁に向かって飛んでいく。腐っても元プロの球で、草野球なんかではまずお目にかかれないほどの球速だ。狙いも寸分たがわず、内角低めのコースに決まった。

思ったよりもちゃんと投げることはできたが、一球で肩が悲鳴を上げた。右投げの練習をすることで、左でも投げる感覚が戻ってきつつあるが、いかんせん体がついていかない。壁に当たって勢いよく跳ね返ってきたボールを素手で拾い上げようとしたが、投球を終えたばかりの体がすぐに反応できず、うっかり後逸した。透は苦笑しつつ、自分の後ろに転がっていくボールを、重たい体で追う。

だが、振り返った透の足が、ぴたりと止まった。

いきおいよく転がるボールを拾い上げたのは、来夢だった。

来夢はどこからか走ってきたのか、顔を真っ赤にして、息を弾ませていた。それ以上に、来夢の表情が透の胸に迫った。目にいっぱい涙を溜め、震える唇をぎゅっと締めて必死に感情が爆発するのを抑えようとしながら、言葉にならない言葉で、透に語りかけてくる。おそらく、透が左で投げているところを見られたのだ。

「あー、嘘をついてたわけじゃないんだ」

先に堪《こら》えられなくなったのは、透だった。永遠に膠着《こうちゃく》しそうな空気を少しでも変えようと言葉を選んだが、口から出てきたのはどうしようもなく陳腐な言葉だった。こんな言葉で納得する人間はどこにもいないだろう。それは、透もよくわかっている。

来夢は、言葉を返す代わりに、拾い上げた球を透に向かって投げてきた。反射的に右手を出して素手で摑む。手のひらに、ずしっと鈍い感触。ボールを通して、来夢からの強いメッセージを感じる。そのままボールを投げ返そうとしたが、投げようとすると手が震えた。力を抜き、山なりの球を返す。まだ体の動かし方に違和感はあるが、ボールはそこそこ正確に来夢の手元に返った。

「なんで」

「なんで?」

「左利きなんでしょ?　なんで左で投げないの」

「投げられないんだよ」

また、来夢から、びゅん、とボールが返ってくる。咄嗟《とっさ》に出たのは、やはり右手だった。

「投げてたじゃん!　すごい球投げてた!　今!　投げれんじゃん!」

「本当に投げられないんだよ」

「だって、投げてたもん!　意味わかんない!」

透は深いため息をついて、左手に持ち替えたボールを見つめた。半身になって来夢に向かい、右足を前に出した。さっきと同じようにボールを投げればいいだけなのだが、どうしてもそれができない。目標を来夢の胸元に定めると、急に腕が萎縮して、どう動かしていいかわからなくなる。イメージしているのは、右手で投げたときと同じ、山なりのボールをふわりと来夢の胸元に返すことだ。でも、そうしようと思えば思うほどどう動かすべきかわからなくなってフォームが崩れ、投げた球は明後日の方向に飛んでいった。

来夢はボールを取りに行こうとはせず、意図がわからない、という顔で、透を不信感に満ちた目で見ていた。今は、ボールを投げ合うよりも、言葉のキャッチボールが必要なのだろう。透は意を決して、正面から来夢の目を見た。

「パパ、昔、まだ来夢が生まれてなかった頃はプロの野球選手だったんだ」

「しんじらんない」

「けれど、たった三年で、投げられなくなって引退した」

黙っててごめんな、と、透は息子に頭を下げた。

「ケガ?」

「違う」

イップスだ、と、透は自分の胸を切り裂くように言葉を絞り出した。

9

投手・海光透は、あの日、甲子園で一気にスターダムにのし上がった。

高校三年、最後の夏の甲子園に挑んだ透は、二回戦、北の強豪校を相手に完封勝利。二つのフォアボールを出して惜しくも完全試合とはならなかったが、相手校の強力打線を完璧に封じ、ノーヒットノーランを達成した。透は、当時の高校生左腕としては稀な最速百五十キロのストレートが武器の速球派で、特に、右打者の内角、膝元に投げ込む直球「クロスファイヤー」を決め球に、三振を量産していた。もともとスカウトの注目度も高かったが、ノーヒットノーランというわかりやすい記録を達成すると、マスコミの報道が一気に過熱した。

透にマスコミが食いついたのは、透の父のせいもあっただろう。自身も元高校球児で、子に夢を託して幼い頃から野球の英才教育を施し、父子二人三脚で甲子園出場の夢をかなえた親子鷹《おやこだか》。いかにもわかりやすいストーリーだ。母が撮りためていたホームビデオの映像は、全国放送の番組で何度も流された。透の父が、例の黄色いミットで透の投げるボールを受けるところは特に反響があったらしい。球を受けると、父が「六十点！」などと点数をつける。六十点はかなり高得点で、八十点以上をつけてもらったことは一度もない。かなりの辛口採点だ。

父の黄色いミットは、父が高校で野球部に入った時に、あまり裕福ではなかった父の両親が生活費を切り詰めて買ってくれたものだそうで、父は甲子園にも持っていった。野球をやめた後もずっと補修をしながら大事に使い続け、透が生まれてからは、透の球をそのミットで受け続けていた。口が達者な父は、そういうことを冗談交じりにべらべらと話すので、マスコミとしては都合のいい人だったのだろう。父は、若干、自分を大きく見せたがる悪癖があって、「透よりも俺のほうが上手い」とか、「透じゃなくて俺をドラフトで指名しろ」などと、リップサービスを踏み越えたことも結構言っていた。

そんなアクの強い父の勧めもあって、透は大学への進学ではなく、高卒プロ入りを選択し、志望届を提出した。甲子園でノーヒットノーランを達成した左の剛球投手はドラフトの目玉となった。二チームが一位指名で競合し、抽選で在京のチームが交渉権を獲得。大注目のドラ１ルーキーとして、透は華々しくプロの世界に進んだ。

父との絆《きずな》というドラマ性。長身で雰囲気がある容貌。甲子園での派手な活躍。入団会見では多数のマスコミが嵐のようなフラッシュを浴びせた。透はその注目度の高さを裏切らず、入団一年目のシーズン中盤には一軍昇格、十五試合に先発登板して七勝三敗と好成績を残し、二年目にはもうチームの先発ローテーションの一角を担うまでになった。球速の上がったストレートは威力も抜群で、特に、得意のクロスファイヤーは、対右打者の最終兵器とも言われた。感情を前面に押し出す投球スタイルもファンの心を摑み、透は間違いなくスター街道をひた走っていた。

だが、そんな矢先に、透の運命が一変する事件が起こった。

透の三年目のシーズンが開幕してすぐ、ライバルチームとの一戦に先発登板した時のことだ。試合中盤、相手チームの投手が味方チームの主力選手に執拗な内角攻めをして、最終的にデッドボールを当てた。その内角攻めがあまりにも挑発的で露骨だったこともあり、両チームの間に不穏な空気が漂ったのだ。

その空気は、続く味方の守備回、相手選手が走塁の際に透のチームの二塁手を〝削った〟ことで、一気に爆発した。故意に足を狙ったとみられるスライディングによって二塁手は足首に怪我を負い、負傷交代。会場全体が異様な雰囲気に包まれ、両軍ベンチが一触即発の状態になった。交代のための中断の最中、ベテランキャッチャーの先輩がマウンド上の透に駆け寄り、口をミットで隠しながら耳打ちをした。

——次、やるぞ。

言葉の意味を理解した透は、血の気が引いていくのを感じた。やるぞ、というのは、次の打者に対する「報復死球」のことだ。

野球はプロスポーツであるがゆえに、高校野球とは比べ物にならないほど勝ちにこだわらなければならない部分がある。正々堂々、スポーツマンシップに則《のっと》り、などと言っていられればいいのだが、きれいごとだけでは済まされないのがプロの世界だった。報復死球も、普段照らされることがない野球の陰の部分の一つだ。

野球における暗黙のルールに、相手チームに侮辱的な行動をとってはならない、というものがある。例えば、大量リードの場面での盗塁や走塁、ホームランを打った後の過度なガッツポーズなどの行為は、ルールブックで禁止されてはいないが、ややれば侮辱と取られる。過度に打者の内角を攻めて威嚇する、というのも、侮辱的な行為ととらえられる。そういったとき、相手チームの主力打者に対して故意に死球を与えるのが、報復死球だ。要は、「舐めるなよ」という意思表示だ。

その試合では、相手がなりふり構わず勝ちに来ている、という雰囲気は透も感じていた。昨年もリーグ最下位と成績が振るわず、今期も開幕から連敗続きでシーズン中の監督解任も囁かれる中、ライバルチームに負けるわけにはいかなかったのだろう。相手が手段を選ばずに勝ちに来ている以上、報復を行わなければ、相手はますます危険なプレーを繰り返してくる。相手を調子に乗らせない、舐められないようにするための報復死球は当然の行為、というのが、明文化されないプロの論理だ。

透は故意に人に球をぶつけるプレーなどやったこともなかったし、やりたくもなかったが、監督の指示に逆らえば懲罰的に二軍に落とされたり、チーム構想から外されたりする可能性もある。選手の立場では、ベンチの指示があればやるしかない。

負傷者が退場すると、悩む間もなくプレーが再開される。険しい表情で右のバッターボックスに立ったのは、相手チームの主将だ。数年前には本塁打王にも輝いたことがあるスター選手で、その選手に死球を当てることの象徴性は理解できる。でも、高校時代にテレビで見ていた大スターに、わざとボールを当てるなんて——。

キャッチャーがサインを出す。内角のストレート。無論、ストライクコースに投げろ、という指示ではない。体を狙え、という意味だ。迷いを抱えながら、透は内角にストレートを投げ込んだ。だが、気持ちがついていかずに萎縮したのか、厳しいコースではあるものの、少し腰を引けば避けられるくらいの中途半端な球になってしまった。体にはかすりもしなかったにもかかわらず、その一球で、透を見るすべての人の目が変わった気がした。チームからは、なにしてんだ当てろ、という目が向けられる。相手チームや相手選手は、やる気か、と透を睨《にら》みつける。両チームのファンもヒートアップし、このまま当てても当てなくても、透は悪役《ヒール》にならざるを得なかった。

マウンドの上で、透は自分だけにスポットライトが降り注いでいるような感覚に陥った。マウンド以外はすべて暗がりで、そこから無数の目が透をじっとりと見ている。これまで透を照らし続けてきた温かい光とはまったく違う光。神様が透の悪事を断罪するかのような、厳しく冷たい光だ。その光の元から、透は逃げてしまいたかった。マウンドを降りて、家に帰りたい。

俺を、俺を照らさないでくれ。

腕組みをし、眉間にしわを寄せる監督の横で、コーチが体を触ってサインを送ってくる。それを見たキャッチャーが透に出した指示は、一球目と同じ、内角への直球だ。さっきの一球では生ぬるい、当てろ、というベンチの意向だろう。腹を括って、透は投球モーションに入った。狙うのは、打者の肩の下、上腕のあたり。厚い筋肉で守られている場所であれば、数日残るくらいの痛みを与えることになっても、怪我をさせる可能性は低い。知らねえぞ、と思いながら、透は投球に入り、打者の体に狙いをつけて左腕を振った。だが、やはり体は透の意思には従わなかった。

悲鳴、怒号。

透が放った球は狙いよりも高めに浮き、百五十キロ近い速球が打者の側頭部に直撃した。ヘルメットが飛び、打者が倒れる。審判が駆け寄るが、ピクリとも動かない。相手チームの選手たちが一斉にベンチから飛び出し、それに応じるように味方チームもベンチを飛び出して、両軍が入り乱れる乱闘騒ぎになった。透はもみくちゃにされる中で、誰かわからない人から数発顔面を殴られた。

なんとか乱闘の渦から逃れたものの、透は呆然と立ち尽くすことしかできなかった。頭部に死球を受けた選手は騒ぎの間に担架で運び出され、透には危険球による退場が宣告された。全身が震えるほど動揺してベンチに戻ってきた透に向かって、監督は一言、「誰が頭に当てろと言ったんだこの野郎」と罵った。その瞬間、すべての罪は透一人になすりつけられたのだ。

ロッカールームに戻り、どうしようもないくらい悔し涙が溢れて、タオルをかぶって独り座っていると、携帯に父からのメールが届いた。父は、透の当番試合は毎試合テレビで観戦している。さっきの死球も目の当たりにしただろう。メールの冒頭は、「わざと当てたな」だった。

見損なった。お前は俺の子でもなんでもない。

メールはそう結ばれていた。

それまで、光輝くステージを歩き続けてきた分、報復死球事件以降、透に対するバッシングは苛《か》烈《れつ》を極めた。頭部に死球を受けた選手は、脳震盪《のうしんとう》やめまいなどの症状を訴えて長期離脱、そのシーズンは最後まで復帰できなかった。騒動翌日のスポーツ新聞には一面に透と監督を糾弾する記事が躍り、監督の「狙えなどという指示は出していない」という言葉も載った。ファンの怒りもすさまじく、相手チームファンを中心に、殺害予告やカミソリ入りの手紙が、誇張なく、軽トラック一杯分くらいは届いた。球団は透を二軍に落として世間の批判をかわそうとしたが、将来を嘱望される若手スター選手の蛮行はそんなことでは許されず、連日、透は多くのマスコミに追い回され、二軍練習場に行く時以外、宿舎からの外出を禁じられた。

あの時、俺はどうすればよかったんだろう。宿舎の狭苦しい部屋に閉じこもり、そう自問自答を繰り返しながら、透は世間の注目が自分から離れていくのを待つしかなかった。だが、暗い穴蔵に潜って息をひそめていたいのに、天からスポットライトの光が降り注いで、透を炙《あぶ》りだし、焼き焦がした。

その結果、透は「野球そのもの」を失った。透は、二軍の練習に参加して一軍復帰の機会を待つことになったが、ブルペンでの投球練習中、制球がほとんどできなくなってしまったのだ。内角に投げようとすると球が中央に寄って、ど真ん中に入ってしまう。それを嫌ってコース際に投げようとすると、力んで大きく外してしまうのだ。

さらに状態を悪化させたのは、二軍のチーム内の紅白戦で、再び頭部死球を当ててしまったことだった。幸い、当てられたチームメイトは大事に至らなかったものの、死球のトラウマが、透の心に強烈な鍵をかけた。それ以降、人に向かってボールを投げるという動作ができなくなった。幼少期から当たり前のようにこなしてきたはずなのに、どうやって体を動かしていたのか、どのタイミングでボールを離せばいいのかがわからない。自然とできていたからこそ、できなくなった時にどうすればいいのかわからなくなるのだろう。軽くキャッチボールをするだけでも、大暴投をしてしまったり、地面にボールを叩きつけてしまったりした。

それまで当たり前のようにできていた動作、運動が急にできなくなってしまう症状のことを、俗に「イップス」と呼ぶ。発症の原因は、プレッシャーやトラウマによる心理的なものであることが多く、特に緊張にさらされやすいプロスポーツの世界では、イップスに悩まされる選手が少なくない。透のイップスの原因はわかりやすいものだった。故意死球を当てたことによる罪悪感と、以降のバッシングに対するトラウマから、心に「当ててはいけない」という強い心理的なロックがかかってしまったのだ。当てまいとする心の影響で筋肉や神経伝達がコントロールを失い、結果的に、投げ方を忘れてしまったかのような投球しかできなくなってしまう。

原因が心理的なものだけに、医療的な治療やフォーム矯正ではなかなか克服できない。いつまた投げられるようになるかもわからないという状態では、プロ野球選手としての価値はゼロだ。結局、三年目のシーズン終了をもって、透はひっそりと引退した。たった半年前まではたくさんの人に注目されていたはずなのに、引退するときはなんの話題にもならなかった。誰も、透の引退理由などに興味を持たなかったし、救ってやろうというチームも現れなかった。野球の神様は、海光透にスポットライトを当てるのをやめたのだ。故意死球という罪に対する罰だと透は思った。

引退してからは、自分がプロ野球選手だったということを知られないように、野球とは完全に決別した。野球道具、賞状、トロフィーの類はすべて処分し、透は「投手・海光透」を、光の届かない闇へと葬った。

10

長い話を終えると、来夢は両目からぼたぼたと涙を垂らしながら、透に抱きつき、声を上げて泣いた。辛い思いをさせてしまった、と、心が猛烈に痛む。体が大きくなってきたとはいえ、まだまだ来夢の頭は透の胸元にしか届かない。来夢の頭を抱え込むように腕を回すと、来夢もまた、透の体に両腕を回してしがみついた。

透が来夢とキャッチボールをしようとしなかったのは、人に向かってボールを投げようとするとイップスの症状が現れるからだ。来夢の野球の試合を観に行かなかったのは、会場に自分を知る人がいるかもしれない、という恐怖心があったせいだ。野球と無縁の生活をしていれば平穏でいられたはずだが、透が何も言わなくても、来夢は自ら野球を選んだ。そこからは、ずっと苦悩の日々が続いている。

来夢のチーム関係者やチームメイトの保護者には、野球ファンや経験者が多い。透の故意死球事件を覚えている人も少なからずいるだろう。いずれ、父が後ろ指を指されながら引退したプロ選手だったという真実に、来夢が触れる日がくるかもしれない。透の真実を来夢に打ち明けて秘密を背負わせるのも残酷だが、透以外の人間からその事実を知らされるのも残酷だ。いつ打ち明けるべきか、どうやって話すべきか。透自身も答えを見つけられずに、ずっと息子と正面から向き合うことができずにいた。期せずして、その真実を打ち明けるのが、今日になった。タイミングとして正しかったのかはわからないが、もう隠し続けるのも限界だったのだろう。

ふと顔を上げると、明里がゆっくり歩いてきているのが見えた。来夢が家を抜け出したことに気づいて、心配して見にきたのだ。泣きじゃくる来夢の背後から、「話したの？」と、声は出さずに唇を動かす。透は小さくうなずいて、そうだ、と伝えた。

「悪くないじゃん！」

激しくしゃくりあげながら、透の胸に向かって来夢が大声で叫んだ。

「パパが悪いんじゃないじゃん！」

その声が響くと、透も堪えきれなくなって、涙をこぼした。きっと、心のどこかで、誰かにそう言ってほしいと思っていた。許されたいと思っていた。今まで、どれだけ叩かれても何も語らずに黙ってきたが、何を言われようとも平気、というほど、透は強くなかった。

何か言葉を返さなくては、と思ったのに、声が出ない。キャッチボールにならなかった。いつも飄々《ひょうひょう》としている明里も、今日ばかりは目を潤ませていた。透が手を広げると、明里も手を広げて、来夢を挟み込むように、家族三人、ぎゅっと一つになった。

「おれ、将来、プロ野球選手に、なるから、そしたら、パパは悪くなかったって、おれが言うから!」

その家族の塊の中から来夢が突然飛び出して、透が暴投してしまったボールのところまで走っていく。今なんて言った? と、透は驚きのあまり、来夢をじっと見た。そんなこと、考えなくていい。俺のために野球なんかやるな、と思うのに、来夢の決意に満ちた目が、透を黙らせた。

「だから、おれに、野球、教えて!」

最後は、ほとんど絶叫だった。その言葉とともに、来夢は透に向かってボールを投げてきた。真っすぐ飛んでくる球筋には、一点の曇りもない。ぐんと伸びてくるような球を、透はまた右手でキャッチした。痛い。素手に残る、じん、という痛み。来夢の球には、透の胸にまで届くような、芯に残る球威があった。

「パパが来夢に教えられることなんて何もないよ」

「そんなことないよ! さっき、すごい球、投げてたじゃん! おれも、パパみたいな球が投げたいから!」

以前、一度キャッチボールをしてみて、来夢の才能の片鱗《へんりん》は垣間見た。ボールを拾ったり捕ったりするときの体の動かし方、ボールを投げるときの精度。いずれも、子供ながらに非凡なセンスを感じさせるものだった。自分の子だからと贔屓目《ひいきめ》に見ているわけではなく、曲がりなりにも元プロとしての評価だ。チームのコーチもしっかりした理論で教えているようで、基礎も身につけられている。一番素晴らしいのは、そのポジティブなメンタルかもしれない。どこまでも自分を信じ、前向きに行動できる強固なメンタリティ。透にはなかった美点だ。

透が有望株として脚光を浴びたのは、高校時代のノーヒットノーランという記録があったためだった。だが、その実、スター選手になるほどの素質は自分にはなかったのではないか、と透は思う。野球の神様に愛されて、どこまでも高みに昇っていくような一握りの選手というのは、来夢のような人間なのだろう。そう思うと、自分が辿り着けなかった舞台に息子を立たせるという夢を追いたくなってしまう。

だがそれこそが、透がずっと怖《おそ》れていたことだ。

降り注ぐ光が強くなるほど、その中心に立つ者は孤独になる。賞賛と同じだけの悪意を受け続け、緊張と責任を負い続けねばならない、過酷な道だ。自分が挫折したあの光の下に、自分の子供を送り込むということには葛藤があった。

でも、来夢なら、あるいは。

透は少し土がついて汚れた白球を左手で握り、ふっ、と息を吐いた。左腕で、来夢に向かってボールを投げる。びゅん、と音がするくらい。子供に投げるには強すぎるかもしれないというスピード。でも、来夢なら捕れる、と信じて投げる。信じる、ということが心のロックを外す結果になったのか、球は正確に来夢のところに飛んでいく。来夢が素手でキャッチしようとして、ばちん、という音がした。いってえ！　という悲鳴が聞こえたが、来夢はボールを落とさなかった。投げられた。そして、来夢がそれをキャッチした。諦めていたキャッチボールがようやく成立したのだと思うと、透は少しだけ肩が軽くなったように感じた。

「じゃあ、パパと一緒にやろう」

「一緒に？」

「パパも本気で頑張って、昔みたいに投げられるようになる」

「じゃあ、競争ね！　パパが前みたいに投げられるようになるのと、おれがパパみたいに投げられるようになるのと、どっちが早いか！」

「そうだな。それならいい」

来夢から戻ってきた球を、透は両手でキャッチする。不格好だが、キャッチボールができている。あと五、六年もしたら、体力差もはっきりして、もう相手をしてやれなくなるだろう。今、キャッチボールができたのは、よかったのかもしれない。

はたから見ていて、明里にはそれがわかっていたのだろうか。

明里が黄色いミットを拾い上げて土を払い、ほら、よかったでしょ？　と言うように、ミットを叩きながら微笑んだ。右投げ用のミットを使って右手で来夢とキャッチボールをするという試みは、実は意外な効果があった。逆投げで一から体の動かし方を見直したおかげで、投げ方がわからなくなっていた左投げの挙動が少しずつ改善したのだ。調べてみると、逆投げがイップス克服に効果的な場合もあるようだった。

まさか父がそこまで見通して自分のミットを送ってきたとは思えないが、あれほど大事にしていたものを急に送ってきたという理由もわからなかった。本人に直接聞けばいいのではあるが、俺の子じゃない、と言われてから、心の距離は離れたままだ。仮に聞いても、煙に巻くようなことを言ってまともに答えてはくれないだろう。昔から、父はそういう性格だ。

「ねえ、パパ。お義父さんにお礼の電話だけでもしてあげてね」

「お礼？」

「おかげで息子とキャッチボールができました、って」

そうだな、と、歯切れの悪い返事をしながら、透は明里からミットを受け取った。

「無理？」

「いや、無理ってことはないけど」

父と言葉のキャッチボールができなくなってから二十年。透が故意死球を当て、ロッカールームで「お前は俺の子でもなんでもない」というメールを受け取った時、子供の頃から長年続けてきた気持ちのキャッチボールは途切れた。投げ合っていたボールはどこかに飛んでいって、すっかり見失ってしまった。そうなると、親子というのはもう一度キャッチボールを始めることが難しくなる。

親父が何を考えているのか、今はもう想像もつかなくなってしまった。

「ねえ、パパ、ごめん」

「ごめん、って、なに」

「わたし、一つ、パパに言ってないことがあるんだよ」

11

「え、透、どうしたのアンタ」

連絡もなく急に実家へ帰ってきた透を、驚いた表情で母が迎えた。透の家からは車で六時間。朝、家を飛び出して、実家に着いた頃には、もう夕方になっていた。

「親父は?」

「部屋にいるけど……」

「そっか。ありがとう」

老人二人住まいには少々広すぎる田舎の一軒家、廊下の突き当たりの部屋が父の部屋だ。仕事を退職した後、父はだいたいその部屋に籠って、テレビを見たり、趣味の絵を描いたりして過ごしていると聞いていた。

「親父、俺だ。入るぞ」

中から、おう、という声が聞こえた。引き戸を開けて中に入ると、六畳の畳の間に置かれた卓袱台が目に入った。透の父は、座椅子に座って茶を飲んでいた。テレビはついているが、観ている様子はない。透は父の目の前に胡坐をかいて座った。

「なんだ、ずいぶん突然来やがって。仕事はどうした」

「休んだ」

「ズル休みか?」

「有休だよ。ズルじゃない」

「で、なんの用だ?」

「これを返しに来た」

透は、持ってきたバッグから黄色いミットを取り出して、卓袱台の上に置いた。父は、ちっ、と舌打ちをして、ミットを手に取った。その一挙手一投足を、透はじっと見つめる。

「なんだよ、せっかく送ってやったのに」

「こんなの、もらってもどうしようもないんだよ。来夢にはデカすぎるし、あいつはキャッチャーやってない。俺は、右利き用のミットなんか使えないよ」

「まあ、そうか。そりゃ悪かったな」

お互い、なかなか相手の心の中に踏み込めない。二十年のうちに深まった溝は、よほど思い切って跳ばないと縮まらない。だが、透は今日、思い切って跳ぶつもりでここまで来たのだ。

「なあ、親父」

「ん？」

「久しぶりに、キャッチボールしようや」

透は、父のミットを入れていたバッグから、さらに真新しいグローブと硬球を取り出した。グローブは、左利き用のものだ。

「できんのか」

「こっちのセリフだよ、それ」

父は、ふー、と息を吐くと、何も言わずに自分のミットを手に取り、外出ろ、と言った。廊下をのしのし歩いていく父と透を、母が心配そうに見ていた。

透の実家はやたら交通の便の悪いところにあるが、その分、家の敷地は広い。庭で野球ができるようにと、父がこの場所を選んで家を買ったのだ。庭の端には、金属のフレームに緑色のネットを張った、物々しい防球ネットが設置されている。透が小さい頃は、このネットに向かってティーバッティングやトスバッティングの練習をしたものだ。本当に、毎日、毎日、同じことを繰り返した。

おかげで、ネットもところどころ穴が開き、ボロボロになっている。使わなくなってからずいぶん経つが、撤去もされずにそのままになっていた。

ピッチングの練習をするときは、いつもネットの前に父がしゃがんで黄色いミットを構え、投げてこい、と声を張った。その時の行動が体に染みついているのか、透も父も、お互い確認もせずに当時と同じポジションに向かって歩く。父はネットの前。そこから十六メートル離れたところに、えぐれたような穴がある。かつての透の立ち位置はそこで、穴はステップする足が滑らないように、何度も足で掘った跡だ。透はそこからさらに二メートルと少し、離れて止まった。十六メートルという距離は、少年野球におけるピッチャーマウンドからキャッチャーまでの距離だ。中学生以上になると、これが十八・四四メートルになる。プロでも同じだ。

「そんなに遠くまでいって、届くのか？」

「大丈夫だよ」

父が薄笑いを浮かべながら、慣れた動きで黄色いミットを叩き、手を上げた。まずは立ったまま、一球投げてみろ、ということだろう。透は、新品でまだ固いグローブを両手で開いたり伸ばしたりしてから手を入れ、投球ポジションについた。硬球を触るのは久しぶりだ。指先を少し舐めて湿らせ、ボールの縫い目にしっかり人差し指と中指をかける。

「いくよ」

体の力を抜いて、ゆっくりテークバックし、全身の動きを確認しながら、軽めに一球投げる。軽めと言っても、球速は九十キロから百キロは出る。一般の成人男性が全力投球するのと同じくらいの速さだ。少しコントロールがつかず、球は、透から見て左側、右バッターの外角側に大きくそれて、ネットに引っかかって落ちた。

「くそボール」

父が転がったボールを拾い上げ、投げて寄越す。ボールは十八メートル以上の距離をものともせずに飛んできて、透のグローブに収まった。もう一球。また、さっきと同じコースに外れる。父のミットはまったく動かない。同じことを、三度ほど繰り返した。

「おい、キャッチボールにならねえだろ、これじゃあ」

「そうだな」

「さっきから、外れてんのか、外してんのか、どっちだ？」


――お義父さん、目が見えなくなるんだって。


今朝、明里が透に告白した「話してないこと」とは、父の緑内障が進行している、という話だった。緑内障は、目の神経が障害を起こして脳が視覚情報を受け取れなくなり、視野が狭くなっていくという病気だ。老人によく起こる病気で、一度狭くなった視野は二度と回復しない。放置すれば、完全に失明することになる。通常は何年もかけてゆっくり進行していくことが多い病気だが、父の場合は発症からの進行が早かった。症状がはっきり出始めたのは昨年末。病院嫌いの父が数ヵ月放置してしまったのが最悪だったらしく、経過はよくないという話だ。今は治療で進行を遅らせようとしているが、五年以内にはほぼ失明に近いところまで悪化する可能性が高いのだという。

父がミットを送ってきた後、透の母から電話があって、明里はその話を聞いていた。母が言うには、父が「透には絶対に話すな」と何度も言っていたらしく、母もどうしていいかわからなくなり、明里にだけ打ち明けたようだ。

明里が透と来夢がキャッチボールをするようにけしかけたのは、透のイップスを治して、父と最後にキャッチボールをさせたいと思ったからかもしれない。ああ見えて、明里は透のことをよく見ている。ずっと黙っていたのは、父の話がプレッシャーになって、イップスを悪化させたら元も子もないと思ったからだろう。

イップスを完全に克服したとは言えないが、少なくとも、軽いキャッチボールなら右でも左でもできそうだった。透は急遽休みを取り、取るものも取り敢えず、車で実家に向かった。父がミットを送ってきたのは、「最後にキャッチボールでもしよう」というメッセージだったのではないか、と思ったのだ。だとしたら、周りが考えるよりも症状は深刻なはずだ。父がそんな弱音を吐くことなど、まずないからだ。

「外してる、と言いたいところだけど、外れてる、のほうが近いかもしれない」

「まどろっこしい言い方だな」

「軽く投げるのは、まだ難しいんだ。思いっきり投げないと制球が定まらない」

「なんだよ、じゃあ思いっきり投げてこい」

「球が見えてるかもわかんない相手に、本気で投げられるかって」

うるせえなあ、と、父は舌打ちをし、しゃがんでミットを構えた。言いたいこと、聞きたいことはたくさんある。父も、多分言いたいことがたくさんあるはずなのに、お互い、それを言い合うことができない。昔からそうだった。皮肉屋で摑みどころのない父とまともな会話などしたことがない。でも、それでも親子でいられたのは、キャッチボールをすれば、お互い五分でぶつかり合うことができたからだ。

「俺はな、右目はもうほとんどだめだ。左目もまあ、見えるとは言い難いけどな」

全部聞いたんだろ？　と、父は鼻で笑った。透は、隠すことなく、聞いたよ、と答えた。実際、父から見て右側に抜けたボールに、父はまったく反応できていなかった。見えていないのだ。

「だから、お前の得意なやつで来い」

「得意、って」

透の得意なやつ。右打者の膝元に投げるクロスファイヤー。父から見て左側、なおかつ、左手で構えるミットをあまり動かさずに捕球できるコースだ。だが、透がボールを手から離すリリースポイントは、父の視界の外にある。父からすると、死角から急に球が現れるように見えるだろう。

「思いっきり投げていいのか」

「思いっきりじゃねえとストライク入らねえんだろ、このノーコンピッチャーが」

「そうなんだよ。手加減とかできない」

「そんな器用なこと、昔からできてたことなんかねえだろ」

よし、と、腹を括って、透は深呼吸した。父の言葉は、強がりではなく、本気だろう。ミットを構えると、父の表情がぎゅっと締まった。父が本気で受ける気なら、透も本気で投げなければならない。だが、いざ投げようとすると、やっぱりあの光景がフラッシュバックしてしまう。コントロールが乱れて父の頭にボールが行けば、たぶん父は避けることができない。当たれば、もちろん命にかかわる事態になる。投げるべきか、やめるべきか。迷いが生じると、また体がぎくしゃくしてきて、投げる動作の起点がわからなくなりそうになった。

「今日は、軽いキャッチボールで終わらせるつもりだったんだけど」

「そんなお遊びみたいなこと、今までやったことねえだろうが」

「まあね。いつも本気で投げないと怒られた」

「いいか、こちとら、テレビでお前の球を見続けて、タイミングなんかすっかり体に染みついてんだよ。百五十キロでも捕ってやるから、まともな球を投げてみろ」

なんだよ、もう。

知らねえぞ。

父に対する反骨心でぐっと気持ちが入る。指先を軽く舐めて湿らせ、グローブの中で少しボールを回し、縫い目に二本の指をしっかり嚙ませた。右足を一歩引き、両腕を大きく振り上げるワインドアップ。父が腕を伸ばし、ミットを右打者の内角低めに構えた。黄色い目標に向かって、透は、ああっ、と声を発しながら、全身の力を込めてストレートを投げ込んだ。指から離れた球は、糸を引くように真っすぐミットに向かう。全盛期の投球からすれば、球速も球威も見る影もなく衰えたが、それでも、渾身《こんしん》の一球は思った以上に球速があったのか、それとも単純に見えなかったのか、父は捕球できずに、ミットを弾かれてボールをこぼした。

「なんだよ、捕るの下手くそだな、親父」

「今のはボール一個分外れてんだ。ちゃんと、俺が構えたところに投げろ！」

わかったよ、と、返ってきたボールを乱暴に取り、透は舌打ちをする。昔から、マウンド上でうまく行かないと、透はすぐにかっかしてくるタイプだった。野球部の監督に、冷静になれ、とよく怒られたが、父だけは、そのままでいい、と言った。ムキになって投げるくらいのほうがいい球が来るから、という理由だ。

クソ親父が。

なんで、なんで目のことを黙ってたんだ。

自分が来夢にしたことも忘れて、透は父を睨みつけた。そうだ。昔からずっとこう。親子の和気あいあいとしたキャッチボールなんてしたことがなくて、いつも我の張り合い、意地の張り合い。楽しそうに親とキャッチボールをする友達が羨ましかった。

あの減らず口を、この一球で黙らせたい。

いろいろな感情が左腕に集まって来て、白球に乗った。さっきよりも大きな声を出しながら、渾身の一球を投げ込む。風切り音を立てながら球が走り、まばたきよりも早くミットに飛び込む。構えたミットがまったく動かないほど完璧にコントロールされた球が、ずばん、という脳天に響く心地いい音とともに、ミットに収まった。父は、今度は球威に押されることなく、体の前でしっかりと捕球していた。いわゆる、ビタ止め。キャッチャーの捕球技術がなせる技だ。

「ほんとに、おっかねえ球投げやがって」

年寄りを労《いた》われ、と言いながら、父がボールを投げ返した。

「何点?」

「歳とブランクもあるからな。おまけで八十点てとこだ」

そっか、とだけつぶやくと、透は耐えきれなくなってグローブで顔を隠し、声をあげて泣いた。八十点なら、それは父の基準では、満点ということだ。

いや、あの人そうだと思うんだよ。ずいぶん太ったけど。

俺、昔、試合見たことある気がするんだよ。名前、なんだっけ。

12

夏の終わり、透は明里と一緒に市民球場で少年野球の試合を観ていた。もちろん、来夢が出る試合だ。来夢は、また先発ピッチャーと四番バッターを任されている。透は初めての観戦だが、市が主催する大会の決勝戦で、相手チームもなかなかの強敵だ。さすがのピッチャー来夢も、連打を浴びて失点する場面もあった。一進一退の展開がなかなか面白い。

もっと集中して試合を観たいのだが、そうもいかないわけがある。透の席から少しだけ離れたところにいる初老のおじさん二人組が、さっきからちらちらと透を見ているのだ。最初はなんでかわからなかったが、風向きが変わって二人の会話がかすかに聞こえてくると、背筋《せすじ》が冷えた。おそらく、二人はプロ時代の海光透を知っているのだ。まだ名前まで思い出していないようだが、バレたらと思うと気が気ではない。

「ねえパパ、次、来夢の打席だから、ほら、よそ見しない！」

市民球場は、プロが使う球場とは違って、客席とグラウンドの距離がかなり近い。ネクスト・バッターズ・サークルで素振りをしながら出番を待つ来夢の表情までよく見える。なかなかいい顔をしているな、と透も思う。

透をチラ見する二人組の視線に気を取られていると、こん、という鈍い音がして、ベンチがわっと沸いた。見ると、来夢の前の打者の女の子が、一塁に向かって懸命に走っているところだった。ぼてぼての内野ゴロだったが、相手の送球ミスが出て、二塁まで行った。最終回、一打同点のチャンスで来夢に回ってくる。

「あいつ、持ってんねー」

明里が嬉しそうにそう言って、打てー！　打てよー！　と、あまり品のない声援を送る。ベンチや客席が大盛り上がりになる中、素人感のあるユルいアナウンスが球場にこだました。四番・ピッチャー、海光来夢くん。バットを強振しながら打席に立つ我が子を見守りたいのに、例の二人組が、「あっ、カイコウ、海光だ！　海光透！」と、ついに透の名前に辿り着いてしまった。せっかくの場面で、意識が他に持っていかれる。透が、席を立とうか、と逡巡《しゅんじゅん》していると、ぼこっ、という音がした。打席に目を向けると、まさに、透に向かって打球が飛んできているところだった。危うく顔面に直撃するところだったが、仰け反りながらも、透はなんとか素手でキャッチした。後から心臓がばくばく言い出す。打ち損じのファールだが、打球が速くて驚いた。

一塁に走っていた来夢が、一塁側の客席前に来て、すみませんでしたー！　と、帽子を取ってぺこりと一礼する。だが、ボールを取ったのが透だと気がつくと、にっ、と笑って、「パパ、ボール投げて！」と、手を上げた。

ボールを左手で握り、そのまま投げて返そうとしたが、あの二人組が、「パパって言ってる！」「やっぱり海光だ！」と言い合っている声が聞こえる。こそこそ話ならもう少し聞こえないようにしてくれよ、と思いながら、透はボールを右手に持ち替えた。軽く投げたが、やはり右だとうまく投げられず、ボールは来夢からずいぶん離れたところに飛んでいく。来夢は、一瞬唖然とした顔をしたが、笑いながら「へたくそ!」と言って、また打席に戻っていった。周囲の視線が一斉に透に集まって、かすかに鼻で笑う声も聞こえた。恥ずかしさで逃げ出したくなるが、二人組が「あれ、違うか」「元プロがあんなに下手なわけないな」と言い出したので、とりあえずホッとする。

「ねえ、パパ。あのピッチャー、次はどこに投げると思う?」

「そうだな、三振取るかゴロを打たせるかしたい場面だし、ピッチャーがサウスポーだから――」

空振りとファールでツーストライクに追い込まれた右打者の来夢に投げるなら、内角低めへのストレート、つまりクロスファイヤーが効果的だ。打ち気になっている来夢はずいぶんホームに寄っているし、膝元に投げ込まれたら、空振りするか、引っ掛けてゴロになるかだろう。万が一、死球になっても一塁は空いている。透なら、ここはクロスファイヤーで勝負だ。

「打つよね」

「こういう場面で打てないと、プロにはなれないな」

厳しいことを言いながらも、透は確信していた。来夢は多分ヒットを打つ。


――あいつは、スターになるかもしれねえぞ。

実家に帰った時、透の父は、来夢のことをそう評していた。父が来夢と話したときに、来夢は「プロになる」と言い切ったらしい。プロになりたい、と言う子は多いが、なる、と言う子はまずいない。

ピッチャーの子が大きく息を吐き、次の一球を投げた。透の予想通り、内角狙いの直球。だが、子供の球にはプロほどの精度は望めない。ボールは内角深く、来夢の体に向かって飛んでいく。透が危ない、と思ったときにはもう、来夢はスイングを始めてしまっていた。

透が思わず腰を浮かせた瞬間、ばかん、という、ゴム製の軟式球を打ったとは思えない、澄んだ音が響いた。

来夢は体勢を崩しながらも、上半身をきれいに回転させて、豪快にバットを振り切った。高々と打ちあがった打球は、打った瞬間に勝利を確信させるものだった。ベンチやギャラリーが総立ちになる中、ボールは球場を覆うフェンスを軽々と越えていく。逆転のサヨナラホームランだ。

拳を振り上げながら来夢がダイヤモンドを一周し、出迎えたチームメイトの輪の中に飛び込む。打つんじゃないかとは思っていたけれど、ここでホームランを打つのかあいつは、と、透は全身に鳥肌が立つのを感じていた。

来夢が、透と明里に向かって、どうだとばかりにガッツポーズをした。野球の神様が、スポットライトで来夢を照らしている。スポットライトの光が当たらない陰から、透は来夢の名前を叫んでいた。

初出

ジンが願いをかなえてくれない……「小説宝石」二〇二三年　十一・十二月合併号
子供部屋おじさんはハグがしたい……「小説宝石」二〇二二年　十一月号
屋上からは跳ぶしかない……「小説すばる」二〇一四年　十二月号
（「4M25」改題）
ユキはひそかにときめきたい……「小説宝石」二〇二二年　三月号
（「ときめきいかがですか」改題）
妻への言葉が見つからない……「小説宝石」二〇二四年　一月号
（「ラブ・レター」改題）
パパは野球が下手すぎる……書下ろし

行成 薫（ゆきなり・かおる）

1979年生まれ、宮城県仙台市出身。東北学院大学教養学部卒。2011年『名も無き世界のエンドロール』で第25回小説すばる新人賞を受賞しデビュー。本作は'21年に映画化された。同年『本日のメニューは。』で第2回宮崎本大賞を受賞。他に『できたてごはんを君に。』『彩無き世界のノスタルジア』『明日、世界がこのままだったら』など著書多数。

ジンが願《ねが》いをかなえてくれない

2024年 5 月30日　初版 1 刷発行

著　者　行成《ゆきなり》 薫《かおる》

発行者　三宅貴久

発行所　株式会社 光文社

〒112-8011　東京都文京区音羽1-16-6

電話　編　集　部　03-5395-8254

書籍販売部　03-5395-8116

制　作　部　03-5395-8125

URL　光　文　社　https://www.kobunsha.com/

組　版　萩原印刷

印刷所　新藤慶昌堂

製本所　国宝社

落丁・乱丁本は制作部へご連絡くだされば、お取り替えいたします。

ISBN978-4-334-10300-2